무지개빌라 201호
도하의 바이올린

· 취미에 진심 ·

무지개빌라 201호

도하의 바이올린

김다해 글 | 강혜영 그림

안녕로빈

차례

등장인물

단장님

엄마

사촌 형

임도하

평소 밴드 음악을 즐겨 듣던 도하는
우연히 클래식 공연을 보러 갔다가
바이올린의 매력에 푹 빠지게 돼요.
뒤늦게 바이올린을 배우며
별빛 오케스트라의 신입 단원이 되고,
하루하루 바이올리니스트의 꿈을
키워 나가고 있어요.

남효미

봄에 도하네 아랫집인 A동 101호로
이사 왔어요. 좋아하는 음악 이야기를
나눈 뒤로 효미와 도하, 두 사람 사이에
새로운 감정이 싹텄어요. 도하는 효미에게
생긴 감정을 담아 곡을 짓기도 해요.

최은재

B동 302호에 사는 은재는 도하의
오랜 친구예요. 반려견 보리를 가족으로
맞이해 바쁜 시간을 보내고 있어요.
무지개빌라 친구들을 위해 단톡방도
만들고 활발하게 소통해요.

보리

유해찬

C동 102호에 사는 해찬이는 도하의 단짝이에요.
해찬이가 신년 음악회에 도하를 데리고 간 덕분에
도하는 다시 바이올린을 배울 수 있었어요.
식물에 관심이 많은 해찬이는 무지개빌라 정원을
가꾸며 여러 식물을 돌보고 있어요.

봄

2월 ♪♫♪ 도하, 클래식 음악에 눈뜨다!

　반짝반짝 빛나는 수십 개의 눈동자가 까만 연미복을 입은 지휘자를 뚫어져라 쳐다보았다. 지휘자가 휘젓는 팔동작이 빨라지자 각 파트의 연주자들이 연주에 속도를 높였다. 바이올린, 첼로의 현악기들과 플루트, 트럼펫의 관악기 그리고 피아노, 팀파니 등의 퍼커션 악기들이 마치 하나의 소리처럼 조화를 이루며 웅장한 선율을 만들어 냈다. <You Raise Me Up>의 클라이맥스에 이르자 도하의 눈과 입이 크게 벌어졌다. 도하는 그 음악의 가사처럼 높은 산도 오를 수 있고, 폭풍우 치는 바다도 헤엄쳐 갈 수 있을 것만 같았다. 이 순간만큼은 연주자들이 같은 학교 친구나 동생으로 보이지 않았다. 도하는 마흔 명이 넘는 오케스트라 단원들의 표정, 손동작 하나하나에 집중했다. 거대한 파도가 일렁이듯이 도하의 마음속에서도 뭔가가 꿈틀대기 시작했다.

　지난달, 설 연휴가 끝나고 얼마 지나지 않아서였다. 도하는 해찬이한테 이끌려 학교 관현악단인 별빛 오케스트라의 '신년 음악회'

공연을 보러 가게 되었다.

"너 음악 듣는 거 좋아하잖아. 나랑 같이 가는 거다!"

해찬이는 반 친구가 준 초대장을 모른 척할 수 없다며 꼭 같이 보러 가야 한다고 우겼다.

"윽, 클래식은 별론데!"

처음에 도하는 적당히 둘러대고 가지 않을 생각이었다. 하지만 무지개빌라에 사는 단짝 해찬이가 '베프 찬스'를 쓰는 바람에 도저히 빠져나갈 수가 없었다. 그런데 억지로 따라간 그곳에서 도하는 운명의 순간을 맞이하였다. 어릴 때 엄마 손에 이끌려 강제로 배우다가 그만둔 바이올린의 매력에 흠뻑 빠져들고 만 것이다.

'아, 나도 저렇게 바이올린을 연주할 수 있다면…….'

무대 위에서 솔로로 바이올린을 연주하는 아이의 모습을 지켜보면서 도하는 다짐했다. 꼭 바이올린을 다시 배우겠다고 말이다.

하지만 지금 도하는 엄마와 싸우고 집을 나왔다. 엄마가 도하의 생각에 반대했기 때문이다.

"내년이면 중학교에 들어가는 녀석이 뒤늦게 무슨 바이올린이야? 어릴 때야 소근육 발달에 도움이 된다니까 가르친 거지. 한창 공부해야 할 시기에 한가하게 취미 활동이 웬 말이냐고!"

엄마는 도하의 말을 자르고는 폭풍 같은 잔소리를 쏟아 냈다.

자신의 바람을 단숨에 무시하는 엄마 때문에 도하는 속이 상했다.

'쳇, 내가 뭐 한가해서 그런가?'

상가가 있는 큰길 쪽으로 무작정 걸었다. 엄마에게서 최대한 멀어지고 싶었지만 딱히 갈 만한 곳이 떠오르지 않았다.

도하는 귀에 이어폰을 꽂고 음악을 틀었다. 사촌 형이 들어 보라며 보내 준 밴드 음악이 경쾌하게 흘러나왔다. 리드미컬한 박자에 맞춰 걷다 보니 어느새 쿵쾅쿵쾅 요동치던 심장이 가라앉는 것 같았다. 하지만 음악을 듣다 말고 이내 한숨을 푹 내쉬었다. 엄마가 저렇게까지 반대하는데 바이올린을 다시 시작하기는 어려울 것 같았다. 그렇다고 쉽게 포기하고 싶지도 않았다. 도하의 머릿속은 뒤엉킨 실타래처럼 복잡했다.

그때, 펫숍 유리창 앞에 쪼그리고 앉아 있는 은재가 보였다. 도하네 옆 동에 사는 은재는 해찬이만큼이나 오래된 도하의 친구다. 도하가 다가가서 알은척을 하자, 은재는 진열장에 있는 하얀 강아지를 들여다보다 말고 화들짝 놀랐다. 도하는 은재에게 대충 인사하고 뒤돌아서 가려고 했다. 그런데 은재가 자기도 가려던 참이었다며 주춤주춤 일어나 도하를 따라왔다.

은재는 자꾸만 강아지가 있는 펫숍을 돌아보며 한숨을 내쉬었다. 왜 그러냐는 도하의 물음에 은재가 고민을 털어놓았다. 은재의 소원이 강아지 키우기인데 엄마가 반대한다고 했다. 도하는 은재의 사정이 자신의 처지와 비슷한 것 같아 반가운 마음이 들었다.

"어른들은 반대부터 하잖아. 또 너희 집에는 미야도 있으니까."

도하는 은재네 고양이 미야를 떠올렸다. 아주머니가 강아지를 반대하는 건 그럴 만하다고 생각했다. 하지만 미야는 동생 연재의 반려동물이고 자기의 반려동물은 없다며 은재가 열을 올렸다.

"너도 좀 전에 봤지? 심장이 아플 만큼 예쁘잖아!"

도하는 은재의 반응이 재밌어서 피식 웃었다.

"암튼 엄마가 반대해도 꼭 강아지 얻을 방법을 찾겠어. 난 희망을 잃지 않는 최은재니까!"

은재가 마치 연극배우라도 된 것처럼 과장되게 말했다. 하지만 그 말은 오히려 도하의 정신을 번쩍 들게 했다.

그동안 도하는 엄마를 설득할 생각은 해 보지도 않은 채 자신의 마음을 몰라주는 엄마한테 화만 내고 있었다. 무턱대고 집을 나온 자신이 한심하게 느껴졌다.

'어떻게 해야 엄마를 설득할 수 있을까?'

잘 생각하면 엄마를 이해시킬 방법이 떠오를 것 같았다. 복잡했던 머릿속이 조금은 정리되는 기분이 들었다.

도하는 은재 덕분에 희망이 생겨서 자기도 은재를 도와주고 싶었다. 은재와 함께 집까지 되돌아오면서 어떻게 하면 아주머니를 설득할 수 있을지 곰곰이 생각해 보았다.

도하는 A동 앞에서 은재와 헤어지기 전에 자신의 생각을 말했다.

"학교에서 발표 방법에 대해 배웠잖아. 너도 프레젠테이션을 해 봐. 제목은 '강아지를 키워야 하는 이유' 어때?"

도하는 자기 엄마한테는 안 통하겠지만, 은재 아주머니한테는 통할 것 같았다.

"임도하! 소문대로 너, 천재 맞나 보다!"

갑자기 은재가 흥분해서 마구 소리쳤다.

"이제 알았냐?"

도하는 괜히 쑥스러운 마음이 들어서 A동 공동 현관으로 도망치듯 들어갔다. 단숨에 계단을 올라가 2층 복도 창문으로 내다보니 은재가 B동을 향해 신나게 뛰어가는 모습이 보였다.

도하는 심호흡을 크게 하고는 현관문을 열었다. 소파에 앉아 있던 엄마가 도하를 힐끔 돌아보았다. 표정이 어두웠다.

"다녀왔습니다!"

엄마를 보자 도하의 마음이 다시 쪼그라드는 것 같았다. 과연 잘 설득시킬 수 있을지 자신이 없어졌다.

도하는 조용히 자기 방으로 들어갔다. 방문을 살짝 열어 두고 몇

년 동안 벽장 속에 고이 모셔 둔 바이올린을 찾아 꺼냈다. 그러고는 예전에 배웠던 기억을 떠올리며 활을 잡고 소리를 내 보았다.

찌잉 찡 찌이이잉 끼이익.

도하의 생각과 달리 바이올린에서는 거친 소리가 튀어나왔다. 너무 오랫동안 악기를 연주하지 않아서 그런 것 같았다.

도하는 예전에 배우다 만 바이올린 교본을 꺼내 아무 장이나 펼쳤다. 베일리의 <Long, Long Ago> 악보에 맞추어 연주를 시작했다. 음정이 맞지 않아 조금 이상하게 들리기는 했지만 끝까지 연주를 멈추지 않았다. 도하가 막 연주를 끝냈을 때, 거실에서 엄마가 혀를 끌끌 차는 소리가 들렸다.

"애는, 그 곡은 자장가인데, 곤히 자는 애까지 다 깨우겠다! 그래도 어릴 때 배운 걸 용케 기억하네. 하긴 배운 게 달아나는 것도 아니고, 악기 하나 마스터해 두면 요긴하게 써먹을 일이 있겠지. 이번 방학 동안만 배워 보든가. 바이올린 튜닝부터 좀 하고!"

여전히 말투가 까칠했지만 뜻밖에도 엄마는 한발 물러서며 허락해 주었다.

'오예, 역시 우리 엄마한테는 말보다는 행동으로 보여 주는 게 통할 줄 알았다니까!'

도하는 바이올린을 끌어안은 채 환하게 웃었다.

클래식 음악

신년 음악회에서 별빛 오케스트라 단원들이 연주한 음악을 '클래식 음악'이라고 해. 그 날부터 나는 클래식을 좋아하게 되었어. '클래식'은 '고전'을 뜻하는 말이고, '고전'은 시대가 지나도 사라지지 않고 전해지는 것들 앞에 붙어. 고전 음악, 고전 문학처럼 말이야. 유럽의 왕과 귀족 중심으로 발달한 클래식 음악은 1600년부터 오늘날에 이르기까지 시대별로 특징이 있어.

그래서일까? 아직까지도 클래식 음악은 격식을 차려야 하는 고리타분한 음악이라고 여기는 사람들도 있어.
지금은 클래식(고전)이지만 그 당시에는 유행했던 음악이었어. 한 시대에서 다른 시대로 넘어갈 때는 사람들을 깜짝 놀래켰던 새로운 음악도 있었지.

| 바로크 음악 |

1600년~1750년 정도까지 유럽을 중심으로 발달한 음악 사조이다. 이 시기에는 교회 음악과 오페라가 유행했는데, 극적 효과를 위해 작곡가들은 표현을 과장하여 음악을 연출했다. 성악곡이 많았던 중세 시대와 달리 이때부터 셈여림(박자)이 확실한 기악곡이 많이 연주되었다. 기악곡에서 악기의 종류와 수가 크게 늘어나면서 모든 음악에는 악기 반주가 곁들여지게 되었다.

교회 음악과 오페라의 전성시대라 할 수 있어!

바흐 (Johann Sebastian Bach, 1685~1750)
독일 바이마르 궁정에서 바이올린을 연주했고 교회에서 오르간을 연주하다 작곡가가 되었어. '도레미파솔라시도' 7개의 음을 각각 도#(샵) 레# 등 반음으로 나누어 '평균율'이라는 음계 체계를 만들었어. 평균율 덕분에 동일한 음정으로 악기를 연주할 수 있게 되었지.

헨델 (Georg Friedrich Handel, 1685~1759)
독일에서 태어나 궁정 악사로 일하다가 영국으로 건너가 오페라와 오라토리오 등 수많은 기악곡을 남겼어.
오라토리오는 오페라와 비슷하지만 무대 연출이나 연기가 없어.
주로 종교적 주제를 다루는 음악이야.

| 고전파 음악 |

1750년~1800년대 중엽에 걸쳐 오스트리아 빈을 중심으로 하이든, 모차르트, 베토벤이 발달시킨 음악이다. 보통 클래식 음악이라고 하면 이때의 음악을 주로 떠올리는 만큼 서양 음악사에서 중요한 위치를 차지한다. 18세기에 이르러 경제적으로 풍요로워지면서 이전까지 궁정과 귀족 계층만이 즐기던 클래식 음악을 중산층의 사람들도 누릴 수 있게 되었다.

> 이때부터 클래식 음악은 중산층까지 아우르는 음악으로 대중화되었어.

모차르트 (W. A. Mozart, 1756~1791)
음악의 신동, 모차르트!
'반짝반짝 작은 별~' 알지? 유명한 이 자장가도 모차르트가 작곡했어! 모차르트의 음악은 쉽고도 완벽하게 아름다워서 누구나 좋아할 수밖에 없어. 그는 고전주의 음악의 수많은 교향곡과 협주곡을 남겼어.

하이든 (F. J. Hayden, 1732~1809)
고전 소나타 형식을 완성한 교향곡의 대가야.

베토벤 (L. V. Beethoven, 1770~1827)
까탈스럽고 불같은 성격 탓에 '괴팍한 천재'로 불렸어! 청각 장애를 앓았지만, 불굴의 의지로 엄청난 곡들을 작곡했지. 고전주의 형식에 머무르지 않고 창의적인 음악을 작곡했어. 그의 음악은 강렬하고 지적이면서 아름다워.

| 낭만파 음악 |

1800년~1900년 사이에 지금까지 우리가 감상하는 수많은 음악들이 만들어졌다. 이때에 일반 시민이 청중인 연주회가 많이 열렸고 문화로 정착되었다. 피아노 연주가 대중의 사랑을 받고, 새로운 관현악기들이 생겨났으며 기존의 악기들도 더 낭랑하고 유연한 소리를 내도록 개조되었다. 각 나라의 서로 다른 예술성이 부각되면서 민족주의 색채를 띠는 음악이 발표되었다.

작곡가와 연주가가 분리되면서 바이올린의 파가니니, 피아노의 쇼팽과 리스트로 대표되는 명연주자가 탄생했어!

슈베르트 (F. P. Schubert, 1797~1828)
어린 시절 아름다운 목소리 덕분에 오스트리아 빈 궁정 예배당의 아동 합창단으로 활동했어. 수많은 가곡을 작곡했기에 '가곡의 왕'이라 불리지. 살아 있을 때는 잘 알려지지 않았지만, 훗날 슈만이 그의 작품을 수집하고 알린 덕분에 오늘날 그의 아름다운 음악을 감상할 수 있는 거야.

쇼팽 (F. F. Chopin, 1810~1849)
최고의 피아노 연주자이자 작곡가인 그는 '피아노의 시인'이라고 불려. 폴란드 사람들이 가장 사랑하는 천재 음악가로, 폴란드를 대표하는 공항 이름을 '바르샤바 쇼팽 국제공항'으로 지었어. 쇼팽을 기념하기 위해 1927년 만들어진 '쇼팽 국제 피아노 콩쿠르'는 피아노 분야 최고의 경연회야.

3월 ♫♫ 별빛 오케스트라 신입 단원

6학년이 되고 첫 등교하는 날이었다.

도하는 C동에 사는 해찬이와 놀이터에서 만나 같이 학교에 갔다. 같은 반이 되지 않았다며 서로 아쉬워했지만 매일 함께 등교할 거니까 크게 문제될 건 없었다. 둘은 만날 때마다 할 이야기가 넘쳐났다. 남들 앞에서 좀처럼 말이 없는 해찬이도 도하와 있을 때는 수다를 떨었다

도하는 학교 현관에서 실내화로 갈아 신다 말고 멈칫했다. 유리문에 붙어 있는 포스터 때문이었다. 포스터에는 푸른 바다 위로 별들이 가루처럼 떨어지는 그림이 그려져 있었고, 그 위에 커다랗게 글자가 적혀 있었다.

'별빛 오케스트라 신입 단원 모집!'

도하는 자신도 별이 되어 푸른 바닷속으로 풍덩 뛰어 들고 싶다는 생각이 들었다. 포스터에서 눈을 떼지 못하고 서 있자, 옆에서 해찬이가 도하의 어깨를 툭 쳤다.

"왜 그래? 너 요즘 바이올린 배운다더니 저기에도 관심 있냐?"

해찬이가 턱짓으로 포스터를 가리키자 도하가 고개를 끄덕였다.

"뭐야, 지난번에 신년 음악회 가자고 하니까 클래식 별로라고 한 사람이 누구더라?"

해찬이가 히죽히죽 웃으며 놀렸다. 도하는 머리를 긁적이며 씩 웃고 말았다.

"근데 내 실력으로 오디션에 통과할 수 있을까? 예전에 배우긴 했지만 다시 바이올린 시작한 지 얼마 되지도 않았고……."

6학년 교실이 있는 3층까지 계단을 오르며 도하가 걱정을 늘어놓았다. 입에서 자꾸만 한숨이 새어 나왔다.

"글쎄, 해 보지도 않는데 결과를 어떻게 알아? 우리가 언제 게임할 때 질 수도 있으니까 아예 시작하지 말자고 한 적 있냐? 나라면 무조건 도전해 보겠다!"

해찬이가 도하의 어깨에 팔을 두르며 싱긋 웃었다.

"그러게, 나도 무조건 도전!"

도하도 해찬이의 어깨에 팔을 두르고는 따라 웃었다.

도하는 새 학기 첫날부터 목표가 생겨서인지 가슴이 마구 뛰었다. 하지만 기분 좋은 설렘은 오래가지 못했다. 도하와 짝이 된 아이가 별빛 오케스트라에 입단 오디션을 봤다가 떨어진 자기 친구 얘기를 들려주었기 때문이다. 그 친구는 어릴 때부터 몇 년이나 플루트를 배웠는데도 오디션에서 떨어졌다고 했다.

"입단 기준이 뭔지 정확히 알려진 바가 없다던데? 그냥 별빛 단장님 마음대로인가 봐."

일정한 기준 없이 단장님 마음대로 단원을 뽑는다는 말에 도하의 마음은 혼란스러웠다. 애써 해찬이가 북돋아 준 용기가 사그라들고 말았다.

수업을 마친 도하는 힘없이 집으로 돌아왔다. 늘 그랬듯이 집에는 아무도 없었다. 오늘따라 새삼 쓸쓸한 기분이 들었다. 텅 빈 집을 가득 채우는 데에는 음악이 최고였다.

도하는 즐겨 듣는 곡들을 모아 놓은 플레이 리스트를 틀었다. 부드러운 발라드에서부터 빠른 비트의 댄스곡, 발랄한 밴드 음악이 연달아 나왔다.

도하의 머릿속에 문득 별빛 오케스트라의 신년 음악회에서 들었던 <You Raise Me Up> 노래가 떠올랐다. 음원 앱에서 같은 제목으로 된 여러 버전의 팝송을 찾아 들었는데 오케스트라 연주로 들었을 때보다는 감동이 덜했다. 도하는 다른 클래식 음악을 찾다가 <바이올린 소나타>라고 되어 있는 앨범에 마음이 끌려 들어 보았다. 맑고 잔잔한 피아노 소리 위로 묵직한 선율의 바이올린 음이 흘러나왔다. 도하는 바이올린과 피아노가 마치 이야기를 주고받듯이 서로 어우러지며 만들어 내는 연주에 위로받는 기분이 들었다. 바이올린 선율은 잔잔한 폭포수처럼 도하의 마음을 두드리며 끊임없이 잔물결을 일으켰다.

"까짓것, 해 보지 뭐!"

도하는 등굣길에 해찬이와 주고받은 말을 떠올리며 속으로 '무조건 도전!'을 외쳤다. 방으로 들어가 인터넷에서 푸르른 바다가 펼쳐져 있는 사진을 찾았다. 별빛 오케스트라 신입 단원 모집 포스터에서 본 바다와 가장 비슷한 느낌의 사진을 골라 프린트로 출력했다. 그리고 제 방문 앞에 떡하니 바다 사진을 붙였다. 도하는 뚫어질 듯이 바다를 바라보며 힘차게 고개를 끄덕였다.

다음 날, 도하는 별빛 오케스트라에 입단 신청서를 냈다. 음악학원에 가서는 선생님께 오디션 준비를 도와 달라고 부탁도 드렸다. 도하가 겨울 방학 때보다 더 열심히 바이올린을 연습하자, 음악 선생님은 도하의 눈빛이 달라졌다며 반가워했다.

어릴 때 바이올린을 배워서인지 짧은 기간 동안 연주 실력이 눈에 띄게 좋아졌다. 차곡차곡 실력이 느는 걸 느끼자 도하의 자신 없던 마음에도 조금씩 희망이 싹텄다.

이윽고 오디션 날이 되었다. 걱정 반 설렘 반으로 잠을 설친 도하는 다른 날보다 일찍 일어났다. 도하가 바이올린 가방까지 메고 평소보다 빨리 집을 나서자 엄마는 어리둥절한 표정을 지었다.

"너, 오늘 학교에 무슨 일 있어?"

엄마가 의심스러운 눈초리로 도하를 쳐다보았다. 무슨 꿍꿍이가 있는지 추궁하려는 것 같았다. 그동안 도하는 엄마한테 별빛 오케스트라에 입단 신청서를 낸 사실을 비밀로 하고 있었다. 엄마가 달가워하지 않을 거고, 오디션에서 떨어질 수도 있을 것 같아서였다.

"그냥요, 오늘 학교에서 뭐 좀 할 게 있어서……."

도하는 대충 말을 얼버무리고는 서둘러 집을 빠져나왔다.

신선한 아침 공기가 도하를 맞아 주었다. 해찬이 없이 혼자 가는 등굣길이 좀 허전했다.

"야, 임도하! 평소대로 해. 힘 빼고 편안하게! 혹시 떨어져도 슬퍼하지 말고. 이 형아가 놀아 줄 테니까!"

어젯밤 해찬이와 통화한 일이 생각나 씩 웃었다. 온기가 돌면서 긴장했던 마음이 사르르 풀렸다.

수업을 마치고 음악실에서 오디션을 앞두고 있는 도하는 다시 심장이 두근거리고 손이 떨렸다. 속성으로 배우긴 했지만 그동안 열심히 연습한 헨델의 <부레(Bourree)>를 끝까지 집중하며 연주했다. 연주를 끝내고 난 도하가 별빛 단장님을 쳐다보았다. 지난번 짝꿍이 했던 말 때문인지 인상을 쓰고 앉아 있는 별빛 단장님 얼굴이 더욱 날카롭고 괴팍해 보였다.

"아직 부족하긴 하지만 음색이 나쁘진 않군. 이 곡도 한번 연주해 보겠니?"

단장님이 악보 하나를 내밀었다. 처음 보는 곡이었다. 도하는 긴장이 되었지만 천천히 활을 들어 악보대로 바이올린을 연주하기 시작했다. 다행히 악보가 아주 어렵지는 않았다.

잠시 후 단장님이 손을 들고 그만하라는 신호를 보냈다. 자기 연주가 어설퍼서 그런가 하고 도하는 금세 풀이 죽었다.

"음정도 괜찮고 박자감도 나쁘지 않아. 생각보다 초견도 좋고. 가능성이 보이니까 입단해도 되겠어."

도하의 예상과 달리 별빛 단장님은 그 자리에서 "합격!"을 외쳤다. 자신의 연주를 마음에 들어 하다니! 도하는 꿈만 같았다. 가슴이 벅차서 당장 푸른 바다로 풍덩 뛰어들어 마구마구 헤엄쳐 앞으로 나아가고 싶었다.

오케스트라

세상에, 내가 별빛 오케스트라의 신입 단원으로 뽑히다니! 내 볼 좀 꼬집어 줄래? 아직도 꿈인지 현실인지 믿기지 않거든. 이제 오케스트라 단원이 되었으니 오케스트라가 뭔지는 정확히 알고 있어야겠지? 오케스트라는 모든 악기군을 포함하는, 클래식 음악의 가장 큰 기악 합주 형태를 말해. 흔히 '관현악단'이라고도 불러.

앞에서부터 현악기, 목관 악기, 금관 악기, 타악기 순으로 악기를 편성해.

악기는 지휘자가 객석을 등지고 섰을 때, 지휘자를 둘러싸듯 부채꼴 모양으로 배치한다. 악기마다 음량과 음색이 달라서 함께 연주할 때 균형 있는 소리로 들리도록 하기 위해서다. 지휘자에 따라 악기 배치가 달라지기도 하고, 문화에 따라서도 조금씩 다르다.

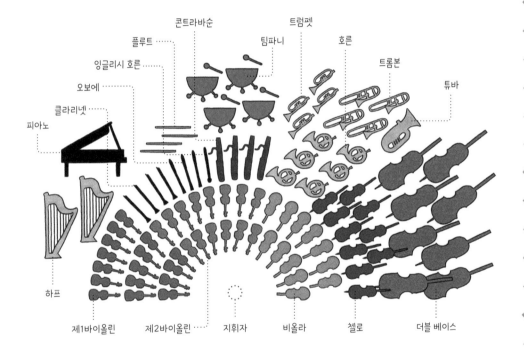

연주자 수가 70~120명 정도에 이르는 대규모 악단을 '심포니 오케스트라' 혹은 '필하모닉 오케스트라'라고 해. 연주자 수가 50명 미만일 경우에는 '체임버 오케스트라'라고 하지.

지휘자의 왼편에서부터 제1바이올린과 제2바이올린, 비올라와 첼로(혹은 첼로, 비올라 순)가 위치하는 것을 흔히 '미국식 배치'라고 해.

| 연주곡, 어떻게 다를까? |

교향곡

오케스트라가 연주하는 곡을 '교향곡'이라고 부른다. 대부분 제목에 '교향곡(symphony)'

이라고 적혀 있다. 여러 개의 악장으로 구성되어 있는데, 보통은 4악장이고 최소 3악장으

로 이루어져 있다.

교과서에 나오는 대표 교향곡

드보르자크, 교향곡 9번 〈신세계로부터〉   하이든, 교향곡 94번 〈놀람〉   베를리오즈, 교향곡 14번 〈환상〉

베토벤, 교향곡 5번 〈운명〉   모차르트, 교향곡 40번 G단조   멘델스존, 교향곡 4번 〈이탈리아〉

베토벤, 교향곡 9번 〈합창〉   슈베르트, 교향곡 8번 〈미완성〉

협주곡

오케스트라와 독주 악기 연주자가 함께 협연하는 곡을 말하며, 3악장으로 되어 있다. 오케스트라는 주로 반주를 담당한다. 독주 악기로는 피아노, 바이올린, 첼로가 가장 많이 쓰이고, 클라리넷, 오보에, 플루트, 트럼펫, 호른, 하프 등의 악기를 사용한 협주곡도 자주 들을 수 있다.

교과서에 나오는 대표 협주곡
- -
하이든, 〈트럼펫 협주곡〉
헨델, 〈하프 협주곡 내림 나장조〉

소나타

반주를 하는 악기와 독주를 하는 악기로 구성된 곡을 말한다. 반주 악기로는 주로 피아노가 있고, 오르간, 기타 등을 쓰기도 한다. 피아노 소나타의 경우, 피아노 한 대로 치는 게 정석이지만 피아노 2대로 칠 때도 있다. 2~5악장으로 구성되어 있다.

교과서에 나오는 대표 소나타
- -
베토벤, 피아노 소나타 8번 〈비창〉
베토벤, 피아노 소나타 14번 〈월광〉

4월 🎵 바이올린 연습

방 창문을 닫으려던 도하가 멈춰 서서 창밖을 내다보았다. 팝콘을 흩뿌려 놓은 것처럼 소담스레 핀 벚꽃이 빌라 뒤쪽 산책로를 따라서 쫙 펼쳐져 있었다. 도하는 꽃향기를 맡기라도 하듯이 창틈으로 숨을 크게 들이마시고는 느릿느릿 창문을 닫았다. 사실 마음 같아서는 창문을 활짝 열어 두고 바이올린 연습을 하고 싶었다. 하지만 엄마가 이웃을 배려하지 않는다고 또 나무랄까 봐 창문을 꽁꽁 닫을 수밖에 없었다.

어제저녁, 음악학원에 다녀온 도하가 바이올린 연습을 조금 더 하려고 하자 엄마가 핀잔을 주었다.

"도하야, 해가 지고 나서는 악기 연주하는 거 아니야. 내일 낮에 연습해."

엄마는 공공주택에서 방음 장치도 없이 늦은 시간까지 악기를 연주하는 건 이웃에 대한 예의가 아니라고 했다. 도하는 엄마 말을 따르기는 했지만, 제 집에서 마음껏 바이올린을 연습하지도 못하는 건 억울했다.

도하는 요즘 합주 연습을 하느라 바빴다. 다음 달 초에 '등굣길 음악회'를 앞두고 있었기 때문이다. 별빛 오케스트라 단원이 되고 나서 처음으로 하는 공연이라 설레기도 하고, 아이들 앞에서 실수라도 할까 봐 걱정이 되기도 했다.

도하는 침대에 걸터앉아 오케스트라 단원 배치표를 들여다보았다. 이번 공연에서 자신은 제2바이올린 연주자로 참여하게 되었다. 주로 제1바이올린 연주자들이 연주를 하고, 제2바이올린 연주자들은 소리가 풍성하게 들리도록 가끔씩 화음을 맞추면 되었다. 그렇지만 제2바이올린 연주자들도 언제든지 지휘자의 사인에 맞춰 연주가 가능하도록 바이올린 파트 전체를 다 외우고 있어야 했다. 도하는 자신도 빨리 실력을 인정받아 제1바이올린 연주자가 되고 싶었다. 기왕이면 악단을 대표하는 수석 연주자가 되고 싶다는 욕심이 생겼다. 하지만 이제 입단한 지 채 한 달도 되지 않은 도하에게는 너무나도 먼 꿈같은 얘기였다.

도하는 엄마 눈치를 살피며 슬그머니 바이올린을 들었다. 최대한 소리를 작게 내면서 연습을 하는데 초인종 울리는 소리가 들렸다.

'헉, 설마 조용히 하라고 따지러 온 걸까?'

도하는 바이올린 연주를 뚝 멈추고는 바깥에서 나는 소리에 귀를 기울였다.

"어머, 맛있겠다! 잠깐만 들어왔다 가. 마침 아줌마가 부침개 부치던 중인데 좀 싸 줄게."

엄마가 누군가를 반갑게 맞으며 집 안으로 들어오게 했다. 다행히 시끄럽다고 항의하러 온 사람은 아닌 모양이다.

"아, 네."

뒤이어 낯선 여자아이 목소리가 들렸다.

'어? 은재는 아닌데 누구지?'

도하는 방문을 조금 열고 내다보았다. 거실 소파에 처음 보는 여자아이가 앉아 있었다. 여자아이는 조심스레 거실을 둘러보다 말고 도하 방을 물끄러미 쳐다보았다. 도하는 자기를 쳐다보는 줄 알고 순간 움찔했다. 때마침 엄마가 도하를 밖으로 불러냈다.

"도하야, 나와서 인사해. 101호에 이사 왔대. 참, 이름이 뭐랬지?"

엄마가 접시에 부침개를 옮겨 담으며 물었다.

"효미예요. 남효미."

도하가 "안녕?" 하고 인사하며 거실로 나가자, 여자아이가 얼굴을 붉히며 "안녕?" 하고 대꾸했다. 그러고는 어색했는지 눈을 피했다. 도하는 어정쩡한 분위기에 다시 방으로 들어가 문을 닫았다. 조금 있으니 현관문 여닫는 소리가 또 들렸다.

"도하야, 나와서 좀 먹어 봐."

엄마가 도하를 식탁으로 불러냈다. 식탁에는 뜨끈뜨끈한 부침개와 윤기가 반지르르한 잡채가 놓여 있었다.

"와, 맛있겠다!"

도하가 입안으로 잡채를 가득 밀어 넣자 엄마가 웃음을 터트렸다.

"누가 안 뺏어 먹으니까 천천히 먹어. 효미 엄마가 음식 솜씨가 좋으신가 보네."

엄마가 도하 앞으로 잡채 접시를 밀어 주었다.

"효미 엄마요?"

도하가 잡채를 우물거리며 물었다.

"그래, 방금 왔다 간 애 이름이 남효미라고 했잖아. 그 애가 잡채 가져온 거야. 효미도 너랑 같은 6학년이라는데 학교에서 한 번도 못 봤어?"

도하는 고개를 가로저었다.

"난 아들만 키워서 그런지 여자애들을 보면 얼마나 좋은지 몰라. 예의도 바르고 말이야. 우리 집 천장이 특이한지 한참을 올려다보더라. 참, 너 방문에 뭐야? 언제 그런 걸 붙였다니? 효미가 자세히 보길래 알았네."

도하는 엄마 말에 피식 웃었다. 효미가 방문에 붙은 바다 사진을 보고 있었다는 걸 모르고 자신을 보았다고 착각한 거였다. 문득 그

애가 바다 사진을 보면서 무슨 생각을 했을지 궁금했다.

"그나저나 공연 연습은 잘돼 가? 잠깐 배우다 말 거라 생각했지 학교 오케스트라에 입단까지 할 줄 누가 알았겠어. 음악학원 선생님도 그리고 단장님도 그리고 너 엄청 열심히 연습한다고 칭찬하시더라. 근데 바이올린에만 너무 빠져 있는 거 아니야?"

엄마가 눈을 흘기며 물었다. 공부를 더 하라는 잔소리가 따라붙을 줄 알았는데 엄마는 웃기만 했다.

"연습을 하긴 하는데, 아직 한참 멀었어요."

도하는 머리를 긁적였다.

"그러게, 단장님께 여쭤보니 제2바이올린 주자들은 대부분 3, 4학년 동생들이라고 하시더라. 6학년이 동생들 틈에 끼어서 번수하는 건 좀 그렇잖아. 얼른 제1바이올린 주자가 되든가 해야지 원!"

바이올린을 배우지 말라던 때는 언제고 지금은 빨리 제1바이올린 연주자가 되어야 한다고 부추겼다. 도하는 늘 자신보다 한발 앞서 나가는 엄마 때문에 부담이 되었다.

"고학년이라고 해서 쉽게 제1바이올린 연주자가 되는 건 아니에요. 저는 늦게 시작했으니까 그만큼 더 열심히 연습해야 하고요. 근데 제가 집에서 연습 좀 하려고 하면 엄마가 못 하게 말리잖아요. 해 지고 나면 연습하지 말라 그러고, 시끄럽다고 문도 꽁꽁 닫으라고 해서 얼마나 갑갑한데요."

도하가 입을 삐죽 내밀었다.

"좋아, 그럼 말 나온 김에 엄마랑 바이올린 연습 규칙을 정해 보는 건 어때? 몇 시부터 몇 시까지 연습할지 빌라 게시판에 적어 두고 미리 양해를 구하면 이웃들도 참고할 수 있고 말이야. 물론 낮 시간에만. 공부도 해야 하니까 너무 오래 연습하는 건 안 돼!"

엄마가 여러 조건을 달긴 했지만 일정한 시간에 연습하면 마음이 덜 불편할 것 같았다. 도하는 부침개를 한입 가득 베어 물고는 고개를 끄덕였다.

방에 막 들어가려던 도하는 방문에 붙어 있는 바다 사진을 한 번 쳐다보았다. 불현듯 조금 전에 만난 효미 얼굴이 떠올랐다.

'그 애도 바다를 좋아하나?'

자기가 좋아하는 것에 효미도 관심을 보였다고 하니 기분이 묘했다. 그 아이가 좋아하는 게 뭘지 궁금해졌다. 도하 머릿속에 어느새 남효미, 이름 세 글자가 콱 박힌 것 같았다.

오케스트라의 악기들

내 친구들은 주로 피아노를 배워. 방과 후 시간에 바이올린이나 우쿨렐레을 배우는 아이들도 있지? 드물게는 플루트 같은 악기를 전문적으로 배우는 친구도 있고 말이야. 세상에 악기는 많지만 오케스트라에서 연주되는 악기는 보통 정해져 있어. 크게 현악기, 관악기, 타악기, 건반 악기로 나뉘지.

| 건반 악기 |

피아노처럼 건반을 눌러서 음을 내는 건반 악기는 처음 악기를 접하는 초보자도 쉽게 소리를 낼 수 있다. 피아노는 타악기로 분류되어 지휘자가 객석을 등지고 바라보는 기준으로 왼쪽 뒷줄 가장 끝부분에 배치된다.

오케스트라에서 건반 악기는 다루기가 무척 까다로워. 관현악과 어울리면서도 동시에 어디에도 융화되지 않는 소리를 내거든.

피아노

| 현악기 |

줄을 이용해서 소리를 내는 현악기는 팽팽하게 당겨져 있는 줄을 켜거나 튕겨서 소리를 낸다. 때로는 활로 줄을 문지르거나, 손으로 뜯어서 소리를 내기도 한다. 현악기는 오케스트라에서 가장 많은 인원수를 차지한다. 바이올린 연주자 수가 가장 많고 음역대가 낮은 악기일수록 연주자 수가 적다. 저음일수록 울림이 커서 여럿이 연주하면 다른 악기의 소리가 다 묻히기 때문이다.

대표적인 현악기로는 바이올린, 비올라, 첼로, 더블 베이스, 하프 등이 있어.

더블 베이스

바이올린

첼로

| 타악기 |

손뼉을 포함하여 도구로 두드려 소리를 내는 것은 뭐든 타악기가 될 수 있다. 타악기에는 음정이 있는 악기와 음정이 없는 악기가 있다. 오케스트라 내에서 인원수가 가장 적고, 연주 비중도 낮다. 하지만 인상적인 효과를 연출하기 위해 꼭 필요한 악기이다. 특히 팀파니는 거의 모든 클래식 관현악단의 필수 악기로, 팀파니 연주자는 타악기 주자들의 우두머리 역할을 한다.

두드리는 도구로는 스틱, 말렛 등이 있어!

심벌즈

큰북

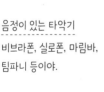

음정이 없는 타악기
큰북, 작은북, 심벌즈, 트라이앵글, 캐스터네츠 등이 있어.

팀파니

실로폰

음정이 있는 타악기
비브라폰, 실로폰, 마림바, 팀파니 등이야.

| 관악기 |

관 안에 있는 공기를 입으로 불어서 진동시켜 소리를 낸다. 관악기에는 목관 악기와 금관 악기가 있는데, 소리를 내는 방식에 따라 구분한다. 간단히 입술에 대는 *리드가 있느냐 없느냐로 나눈다. 나무로 만든 건 목관 악기, 금속으로 만든 건 금관 악기라고 착각하지 말자! 색소폰은 금관 악기처럼 보이지만, 소리를 내는 방식이 목관 악기에 해당한다.

목관 악기 | 연주자의 입 혹은 리드나 마우스피스에 바람을 불어넣어 관을 진동시켜 소리를 내. 관에 여러 개의 구멍이 있어서 손가락으로 구멍을 여닫으며 소리를 조절하지. *리드란 악기의 주둥이 부분에 끼워 떨림으로 소리가 나게 만드는 얇은 갈대 조각 같은 거야.

플루트

바순

클라리넷

금관 악기 | 입술의 떨림으로 소리를 만들어. 입술이 리드 역할을 하는 거지. 입구와 출구에만 구멍이 있어. 금관 악기들은 일반적으로 목관 악기들보다는 음량이 큰 편이라 목관 악기 뒤쪽에 배치해.

트럼펫

트롬본

튜바

여름

6월 ♫ 다 카포, 다시 처음의 마음으로!

도하는 오케스트라 연습 시간에 별빛 단장님께 혼난 기억이 떠올라 눈시울이 뜨거워졌다. 바이올린 연주를 잘하려고 하면 할수록 자꾸만 실수를 하는 게 문제였다. 지난달 등굣길 음악회 이후로 계속 그랬다.

처음에 도하는 자신이 참여하는 첫 음악회인 만큼 실수만 하지 않으면 다행이라고 생각했다. 손가락에 물집이 잡혀서 한 달 내내 밴드를 붙이고 다녀야 할 만큼 바이올린 연습에 진심이었다. 그래서 음악회 날, 모든 파트가 함께 연주하는 <학교 가는 길> 합주를 무사히 끝내고서는 얼마나 뿌듯해했는지 모른다.

하지만 도하의 기쁨은 오래가지 못했다. 다음 곡에서 제1바이올린 연주자들만 합주하는 모습을 지켜보면서 마음이 흔들렸다. 엄마가 말한 대로 동생들 틈에 끼어 가만히 앉아 있는 자신이 한없이 초라하게 느껴졌다. 도하는 자신도 하루빨리 제1바이올린 파트를 맡아 모든 곡에서 중심이 되는 연주자가 되고 싶었다. 그때부터였다. 조바심을 내서 그런지 바이올린 실력이 늘기는커녕 오히려 뒷걸

음질하는 것 같았다.

"임도하, 지금 혼자만 음정이 안 맞잖아! 비브라토 하려고 욕심 부리지 말고 저쪽 가서 따로 기본음 연습부터 더 하고 와!"

결국 별빛 단장님은 도하를 합주 연습에서 제외시키기까지 했다.

도하는 강당 한쪽에서 혼자만 따로 연습을 했다. 하지만 주눅이 들어서인지 바이올린 소리도 엉망이고, 제대로 집중하지도 못했다. 그 모습을 보고 수재가 한심하다는 듯이 고개를 절절 흔들었다.

수재는 도하보다 한 살 어린 5학년이었지만, 일찌감치 제1바이올린 연주자로 실력을 뽐내며 솔로 연주까지 도맡고 있었다. 벌써부터 예술중학교로 진학하기 위해 준비하고 있다는 소문이 자자했다. 3학년 때부터 별빛 오케스트라 단원으로 뽑혀 활동한 데다가 바이올린에 대해 모르는 게 없어서인지 수재는 은근히 신입 단원인 도하를 무시하곤 했다. 그때마다 도하는 하루빨리 연주 실력으로 단장님께 인정받는 수밖에는 없다고 생각하며 끓어오르는 화를 꾹 눌러 담았다.

그런데 오늘따라 도하를 바라보는 수재의 표정이 어찌나 꼴사나운지 도하는 자존심이 확 구겨졌다. 음악학원에서도 바이올린 연습을 하는 둥 마는 둥 시간만 때우고 집으로 돌아왔다.

도하는 노력하는데도 연주 실력이 늘지 않아 속상했다. 빨리 더 어려운 곡도 배우고 싶고 다양한 주법들도 익히고 싶은데, 매일 똑같은 악보를 보며 반복해서 기본기만 연습하는 것에도 슬슬 지쳐가는 중이었다.

'바이올린에 소질이 없는 걸까?'

머릿속에 한 번 떠오른 이 질문은 꼬리표처럼 끈질기게 도하를 괴롭혔다.

도하는 자신의 실력을 의심할수록 바이올린이 싫어지고, 별빛 오케스트라 활동이 힘겹게 느껴졌다. 어차피 소질이 없다면 아무리 연습해도 한계가 있는 거였다. 일찌감치 포기하는 게 현명했다.

저녁 식사를 하면서 엄마한테 바이올린을 그만두겠다고 말할까 말까 고민했다. 엄마의 반대를 무릅쓰고 겨우 바이올린을 다시 배우게 되었는데, 고작 몇 개월 만에 그만두겠다고 말하려니 차마 입이 떨어지지 않았다.

도하는 저녁을 먹고 나서 바람을 쐬러 밖으로 나왔다. 음악을 들으며 걸으면서 엄마한테 할 말을 정리할 생각이었다.

빌라 1층으로 내려오자 현관문 여닫는 소리가 들렸다.

'혹시 101호?'

효미가 밖으로 나온 게 아닌지 1층 복도를 기웃거렸다.

'뭐야, 괜히 기대했네.'

도하는 아무도 없는 걸 확인하고는 머리를 긁적였다.

그동안 학교에서 여러 번 효미와 스치듯 마주쳤다. 지금껏 제대로 이야기를 나눌 기회가 없어서 그런지 서로 어색하게 눈인사만 주고받고는 서둘러 지나쳤다. 지난달에 큰길에서 효미를 보았을 때, 효미는 무슨 생각을 그렇게 골똘하게 하는지 도하가 다가가는 것도 몰랐다. 도하가 먼저 인사하려는 순간, 갑자기 효미가 길 건너 아이스크림 가게로 들어가는 바람에 말할 기회를 놓쳤다. 이번에는 효미와 말할 수 있을 거라고 기대했는데 허탕이었다.

여름이 가까워져서인지 저녁인데도 공기가 후덥지근했다. 빌라 울타리를 따라서 빨간 장미가 흐드러지게 펴 있었다. 붉은색 가로등 불빛이 더해져 장미 넝쿨이 유난히 더 탐스럽게 보였다.

도하는 큰길을 향해 걸어가다가 은재가 보리를 데리고 놀이터 쪽으로 가는 모습을 보았다. 은재도 저녁 산책을 나온 모양이었다. 귀엽게 꼬리를 흔들며 은재 뒤를 졸졸 따라가는 보리를 보니, 고민하던 것도 잊은 채 빙그레 웃음이 나왔다.

도하는 얼른 마트로 가서 아이스크림 두 개를 샀다. 빨리 가면 은재와 보리를 만날 수 있을 것 같았다.

도하의 예상대로 은재와 보리는 놀이터에서 놀고 있었다. 은재는 그네에 앉아 있고, 보리는 가슴에 하네스를 한 채 여기저기 냄새를 맡느라 정신이 없었다.

"산책 나왔어?"

은재한테 다가간 도하가 아이스크림을 내밀었다.

"어? 나 여기에 있는 거 어떻게 알았어?"

은재가 아이스크림을 받아 들며 배시시 웃었다. 도하는 은재와 나란히 그네에 앉아 아이스크림을 먹었다.

"도하야, 우리 보리는 왜 똥오줌을 아무 데나 싸지? 예전에 해찬이네 개는 해찬이보다 더 잘 가렸잖아."

은재가 그네를 흔들며 푸념을 늘어놓았다. 도하는 해찬이, 은재와 함께 유치원에 다니던 때가 떠올라 씩 웃었다.

"해찬이 뽀삐는 그때 형이었잖아. 우리보다 열 살이나 많았다고."

해찬이네 개는 사람 나이로 치면 해찬이 할머니만큼이나 나이가 많았다. 분명 뽀삐도 새끼 강아지였을 때는 보리처럼 실수를 많이 했을 거다. 반복해서 배변 훈련을 받으면서 차츰 대소변을 가리게 되었을 테고 말이다. 도하는 누구나 실수를 하는 풋내기 시절이 있기 마련이라는 생각이 들었다.

"바이올린도 마찬가지잖아? 꾸준히 연습하다 보면 시간이 해결해 주는 건데……."

옆에 은재가 있다는 것도 잊은 채 도하가 혼잣말로 중얼거렸다.

자꾸 실수한다고 바이올린을 그만둬 버릴 생각부터 한 자신이 바보 같았다. 힘들다고 소질이 없다는 둥 그만둘 핑곗거리를 찾은 건 아닌지 뜨끔했다. 처음에는 별빛 오케스트라 단원이 되기만 해도 바랄 게 없었는데, 어느 순간부터 힘든 과정은 건너뛰고 달콤한 결실만 바랐던 건 아니었나 반성이 되었다. 그러자 조금 전까지 도하의 머릿속을 가득 채우고 있던 고민들이 눈 녹듯이 사라졌다.

도하는 홀가분해진 마음으로 은재를 쳐다보았다. 은재가 고개를 갸우뚱하고는 마주 바라보았다. 도하는 어색하게 웃고는 유치원 다닐 때 보리처럼 바지에 실수한 애가 있지 않았냐며 말꼬리를 돌렸다. 둘은 서로 자기가 아니라고 우기며 한참을 떠들었다. 그리고 어릴 때 자주 불렀던 〈상어 가족〉 동요를 함께 흥얼거리다가 아예 가사를 바꿔서 보리 주제가를 만들었다.

"우리 보리 뚜 루루 뚜루, 오줌싸개 뚜 루루 뚜루~, 배변 훈련 뚜 루루 뚜루, 성공하자!"

도하와 은재가 춤까지 추며 노래를 부르자 보리가 왈왈 짖으며 이리저리 깡충깡충 뛰었다.

"보리야, 놀려서 미안. 너도 곧 오줌을 잘 가릴 거니까 걱정 마."

도하는 보리의 뽀글뽀글한 털을 쓸어 주었다. 잔뜩 움츠러든 도하의 마음도 한껏 부풀어 오르는 것 같았다.

바이올린

바이올린과 더 빨리 친해지고 싶고, 남들보다 더 잘 연주하고 싶다고 조바심을 낼수록
오히려 바이올린으로부터 점점 더 멀어지는 나 자신을 발견했어. 시간을 들이고 노력
해야 하는 과정은 건너뛰고 섣부르게 결과만 바랐기 때문일 거야. 보리처럼 내게도
시간이 필요하단 걸 깨달았어. 기본기를 착실히 닦으며 꾸준히 연습하다 보면 어느새
바이올린과 단짝이 되어 있겠지?

바이올린은 어깨 위에
걸칠 만큼 크기가 작지만
알면 알수록 엄청난 매력을
가진 악기야.

| 바이올린 선택 |

| 바이올린 선택 |

바이올린을 연주하려면 가장 먼저 자신에게 맞는 사이즈의 바이올린을 준비해야 한다. 팔 길이를 재서 자신에게 맞는 바이올린 크기를 확인할 수 있다. 바이올린을 연주 자세로 잡았을 때 왼팔은 곧게 펴고, 손끝이 바이올린 스크롤 위쪽에 와야 한다.

몸에 비해 바이올린이 작으면 손끝이 스크롤을 한참 지나게 되어 바른 자세로 연주할 수가 없어.

바이올린 크기에 따른 구분
보통 바이올린은 크기에 따라 1/16부터 1/10, 1/8, 1/4, 1/2, 3/4, 7/8, 4/4로 모두 8종류의 규격으로 구분할 수 있어. 10~11세의 어린이가 주로 사용하는 1/2은 팔 길이가 53~56cm 정도이고, 13세 이상의 성인이 사용하는 4/4는 팔 길이가 60cm야.

| 어떻게 소리를 낼까? |

활로 현을 문지르면 현이 떨리면서 진동이 발생한다. 그 진동이 몸통에 전달되어 소리를 낸다. 현은 브리지 위에 걸쳐져 있기 때문에 이 진동은 브리지로 전달이 되고, 브리지는 진동을 바이올린의 앞판에 전달한다. 진동은 울림기둥(사운드 포스트)에 의하여 뒤판으로 전달되고, 저음 울림대(베이스 바)를 통해 앞판 전체로 전달되어 소리가 증폭된다. 즉, 몸통은 스피커 역할을 하는 것이다.

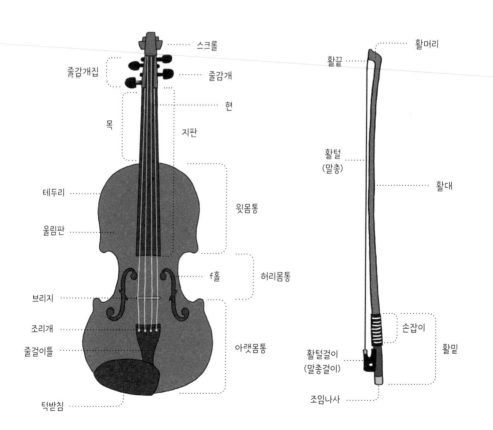

| 바이올린 부속품 |

튜너
스크롤이나 줄감개에 고정하여
음을 정확하게 조율해 주는
도구이다.

턱받침
바이올린을 흔들림 없이
고정시키는 역할을 한다.

로진
소나무에서 나오는 끈적끈적한
액체(송진)를 단단하게 굳혀서
만든 것으로, 바이올린의 활털에
발라야 활이 줄에 닿을 때
아름다운 마찰음을 낸다.

| 다양한 현악기 |

바이올린

비올라

첼로

더블 베이스

7월 ♫♫♫ 음악은 우리를 춤추게 하지!

7월이 되면서 엄마는 부쩍 공부 타령을 했지만 도하는 초등학생 시절의 마지막 여름 방학을 공부에 쫓기면서 보내고 싶지 않았다. 그래서 미리 세워 둔 계획이 있다며 얼렁뚱땅 둘러댔다.

"무슨 계획인데?"

"음…… 그러니까, 이번이 마지막이다 생각하고 정말 열심히 바이올린 연습을 할 거예요. 일명 베짱이 프로젝트라고……."

도하가 얼버무리듯이 말하자 엄마가 의심의 눈초리를 보냈다.

"뭐? 무슨 프로젝트?"

"아, 아니에요. 암튼 2학기에 중요한 발표회가 있어요."

엄마는 어이없다는 듯이 고개를 절레절레 흔들었다.

"꿈자람 발표횐가 뭔가 그거? 도하 너, 6학년 여름 방학이 얼마나 중요한 줄 알아? 제1바이올린 주자도 아니면서 오케스트라 연습만 한다는 게 말이 돼?"

엄마는 못마땅한 표정으로 콧방귀까지 뀌었다. 도하는 은근히 제2바이올린 연주자를 무시하는 엄마 때문에 속상했다. 제2바이올린도 중요한 역할이라고 말하려다가 그만두었다. 무엇보다 이대로면 꼼짝없이 엄마에게 휘둘릴 것만 같았기 때문이다.

"단장님과 약속한 것도 있고, 아무튼 이번 여름 방학은 제가 알아서 할게요. 대신 겨울 방학에는 두 배로 열심히 공부할게요."

도하는 엄마보다 앞서 공부 계획을 말했다. 그러자 엄마는 한참을 고민하는 눈치더니 얕은 한숨을 내쉬었다.

"에휴, 내가 대신 공부할 수도 없고……. 겨울 방학부터는 진짜 공부하기다. 그때 돼서 딴말하기 없어!"

드디어 여름 방학이 시작되었다.

도하는 늘어지게 하품을 하며 깨어났다. 오늘도 아침부터 푹푹 찔 모양인지 창문으로 뜨거운 햇살이 쏟아져 들어왔다.

"흠, 아무 소리도 안 나는데."

도하는 별빛 단장님의 방학 숙제를 떠올리고는 어깨를 으쓱했다.

"연주자는 어떤 소리에도 늘 민감해야 해. 그러니까 방학 동안 틈틈이 자기 주변에서 들리는 소리에 귀 기울이고 멜로디로 표현해 보도록 한다. 방학 끝나고 확인할 거니까, 다들 알았지?"

별빛 단장님이 내준 숙제는 영어와 수학 숙제와는 전혀 다른 엉뚱한 것이었다. 도하는 단장님의 숙제가 〈이솝 우화〉에 나온 베짱이처럼 여름을 한가하게 보낼 수 있는 일이라고 생각했다. 그래서 숙제에 '베짱이 프로젝트'라고 이름을 붙이고는 혼자 피식 웃었다.

도하는 다시 귀를 기울여 주변의 소리를 들었다. 선풍기 돌아가는 소리가 달달달 들려왔다. 조금 더 신경을 곤두세웠다. 이번에는 창밖으로 찌르르르 새소리가 들렸다. 소리를 알아차리자 주위가 다르게 느껴졌다. 도하는 어떤 멜로디로 소리를 표현할지 궁리하며 머릿속으로 음표를 그렸다.

그때였다. 해찬이한테서 문자가 왔다.

 뭐 해? 심심하면 정원으로 나와.

해찬이가 오랜만에 '베프 찬스'를 썼다. 해찬이는 요즘 돌아가신 할머니가 남긴 텃밭을 정원으로 바꾸느라 바빴다. 도하는 식빵에 잼을 발라 입에 욱여넣고는 느린 걸음으로 해찬이의 정원으로 갔다. 후덥지근한 날씨 때문에 등줄기에서 땀이 줄줄 흘렀다.

멀리서 봐도 해찬이의 정원은 그럴싸해 보였다. 그동안 해찬이가 정원을 가꾸느라 얼마나 애썼는지 한눈에 알 수 있었다.

"제법인데, 유해찬!"

도하 목소리에 해찬이가 돌아보았다. 해찬이는 반갑게 웃으며 가

까이 오라고 손짓했다.

"임도하, 잘 왔어. 나 좀 도와줘."

해찬이는 도하한테 장갑과 호미부터 내밀었다.

"뭐야, 설마 넌 개미 프로젝트야?"

흙이 잔뜩 묻은 장갑을 끼고 챙이 넓은 모자를 쓴, 까맣게 탄 해찬이를 보니 더운 여름날 땀을 뻘뻘 흘리며 일하는 개미가 떠올랐다. 방학이 시작된 지 고작 하루 만에 베짱이처럼 살겠다는 도하의 계획은 해찬이 개미로 인해 물거품이 될 위기였다.

"풀 뽑는 거 좀 도와주라. 무슨 잡초가 뽑아도 뽑아도 끝이 없냐?"

해찬이가 울상을 지었다. 울고 싶은 건 도하도 마찬가지였다.

"가만히 있어도 더운데 무슨 풀을 뽑자고 그래?"

도하가 못마땅한 얼굴로 투덜거렸다.

"저기까지만. 풀 다 뽑으면 내가 아이스크림 살게."

해찬이가 두 손을 모으며 간절한 표정을 지었다.

"좋아, 저기까지만이야! 아이스크림도 먹고 너희 집 가서 게임도 한 판 하기다."

도하가 회심의 미소를 짓자, 해찬이가 고개를 끄덕였다.

두 사람은 한여름 뙤약볕 아래에서 풀을 뽑기 시작했다. 모자를 쓰지 않아서 그런지 머리밑이 홀랑 타들어 가는 느낌이 났다.

"야, 이거 언제 끝나?"

도하는 이마에 흐르는 땀을 닦으며 한숨을 내쉬었다.

"근데 여기 있으니까 할머니 생각난다. 예전에 너희 할머니가 따 주신 방울토마토 진짜 맛있었어. 그리고 밭에서 일할 때 늘 흥얼거리셨잖아. 트로트였나, 무슨 노래였지?"

"맞아, 우리 할머니 노래 진짜 잘하셨는데! 아무 말이든 노랫가락에 붙여서 부르셨어. 노래를 부르면 일할 때 힘이 난다셨거든."

해찬이가 맞장구를 쳤다.

"그래? 그럼 우리도 할머니처럼 노래 부르면서 일할까?"

도하는 휴대폰에서 음악을 찾아 크게 틀었다. 아이돌 그룹 포세이돈의 <스톰>이 폭풍이 휘몰아치듯 강한 비트로 흘러나왔다.

"오예, 일할 맛 난다!"

도하가 비트에 맞추어 호미질을 했다. 저절로 고개가 끄덕여지고 속도가 났다. 해찬이도 노래를 따라 부르며 호미질을 했다. 고음 부분에 이르자 둘이 동시에 쇳소리를 내질렀다. 도하와 해찬이는 서로 쳐다보며 낄낄 웃었다.

그 순간, 도하의 머릿속에 개미와 베짱이 이야기가 다시 떠올랐다. 생각해 보니 베짱이는 여름 내내 놀고먹은 게 아니라 개미가 힘내서 일할 수 있도록 옆에서 음악을 들려준 거였다. 추운 겨울날 개미들이 베짱이에게 먹을거리를 흔쾌히 나눠 준 이유일지도 몰랐다. 도하는 베짱이 프로젝트를 새롭게 되새기고는 혼자 씩 웃었다.

풀을 뽑으면서도 도하는 틈틈이 자연의 소리에 귀를 기울였다. 나뭇잎이 바스락거리는 소리, 어디선가 덜커덩 창문 여닫는 소리, 턱 턱 해찬이의 호미질 소리까지 모든 게 음악 소리로 들렸다.

'음악을 하는 건 정말 멋진 일이야!'

도하는 별빛 단장님처럼 지휘자가 되는 것도, 포세이돈의 리더처럼 작곡가 겸 프로듀서가 되는 것도 멋있을 것 같았다. 또 사촌 형처럼 친구들과 밴드를 꾸려 음악 활동을 하는 것도 재밌을 것 같았다. 음악과 함께라면 행복하게 살 수 있을 거라는 생각이 들었다.

'정말 바이올리니스트가 되는 건 어떨까?' 도하는 어서 연습실로 가서 바이올린을 연주하고 싶었다. 풀 뽑기가 끝나자마자 해찬이가 아이스크림을 먹으러 가지고 했지만 볼일이 있다며 마다했다.

"이렇게 일만 하고 그냥 갈 거야? 그럼 내가 미안하잖아."

"지금 갈 데가 있어서 그래. 게임은 다음에 하자. 내 아이스크림은 냉동실에 보관해 줘."

도하는 해찬이가 따라 주는 수돗물에 어푸어푸 세수를 하고는 음악학원으로 뛰어갔다. 연주 연습을 할 생각에 마음이 둥실둥실 하늘로 솟아올랐다.

음악을 잘한다는 것!

별빛 단장님이 주변에서 나는 소리를 듣고 멜로디로 표현해 보라는 방학 숙제를 내주셨을 때는 정말 이상한 숙제라고 생각했어. 하지만 지금은 좋은 연주자가 되기 위해서 꼭 필요한 훈련이었다는 걸 알게 되었지. 음정을 이해하고 악기로 표현하기 위해서는 정확하게 듣고 올바르게 소리 낼 수 있는 음에 대한 감각이 필요해.

| 음감 |

'음감'은 말 그대로 음정을 느끼는 감각을 말한다. 어떤 사람은 자기가 들은 음을 외부의 도움 없이 정확하게 파악할 수 있는데 이 능력을 '절대 음감'이라고 하고, 다른 음과 비교해서 음정을 파악할 수 있는 능력을 '상대 음감'이라고 한다.

내가 상대 음감을 가지고 있는지는 어떻게 아냐고?
간단해. 지금 즉시 아무 노래나 떠올려 봐.
그리고 그 노래의 첫 소절을 흥얼거려 보는 거야.
그 노래의 계이름이 뭔지 떠올릴 수 있다면
상대 음감이 충분하다고 할 수 있어.

절대 음감은 전 세계 인구의 0.01%만이 가지고
있다고 해. 5세 이전의 어린 시기에 피아노와
같은 악기 교육을 받은 사람에게서만 나타날 수
있다고 알려져 있어.
절대 음감이 없다고 해서 섣불리 악기 연주를
포기해 버리지는 마. 누구나 꾸준히 연습하면
상대 음감을 기를 수 있거든.

악보를 보고 피아노를 비롯한 악기의 도움 없이 따라 부르는 것을 '시창(視唱)'이라 하고, 리듬이나 멜로디, 하모니 등을 듣고 그것을 악보에 받아쓰는 것을 '청음(聽音)'이라고 한다. 시창과 청음 훈련은 음감을 키울 수 있는 가장 좋은 방법이다.

| 박자와 리듬 |

'박'은 영어로 '비트'라고 하는데, 쿵쿵거리는 심장 박동 소리나 시계 초침 소리처럼 일정한 간격으로 규칙적으로 되풀이되는 기본 단위를 말한다. 박은 음표와 쉼표로 표현되고, 센박과 여린박이 규칙적으로 반복되는 걸 '박자'라고 한다. '리듬'은 음의 길이에 변화를 주는 것이다. 같은 박자 안에서도 음표와 쉼표의 길이를 달리하면서 리듬을 만들어 낸다. 우리말로 '장단'이라고도 한다.

센박이 몇 박마다 나타나느냐에 따라 2박자, 3박자, 4박자 등으로 표현할 수 있어.

음감이 없는 사람을 '음치'라고 부르는 것처럼 박자 감각이 없는 사람을 '박치'라고 불러. 좋은 음악가가 되기 위해서는 음감도 좋아야 하지만 박자와 리듬 등 음악의 셈여림도 잘 파악해야만 해.

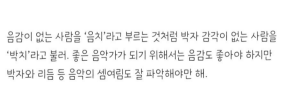

8월 🎵 '너의 초승달 눈' 작곡 임도하

토요일 오후, 도하는 음악학원에 가려고 바이올린 가방을 등에 멨다. 주말이라고 연습을 쉴 수는 없었다. 휴대폰을 챙기려고 보니 사촌 형에게서 메시지가 와 있었다.

 최근에 내가 만든 곡. 너도 들어 봐.

도하는 바이올린 가방을 내려놓고 침대에 걸터앉았다. 형이 만들었다면 틀림없이 도하 마음에도 쏙 드는 노래일 거다. 도하가 밴드 음악을 좋아하게 된 것도 다 사촌 형 덕분이었으니까.

도하는 한껏 기대에 부풀어 음원 파일을 눌렀다. 음악은 잔잔한 기타 연주로 시작하더니 금세 밝고 통통 튀는 멜로디로 바뀌었다. 보컬의 음색과 멜로디가 잘 어울렸다.

형, 노래 좋은데? 제목이 뭐야?

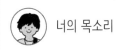 너의 목소리

오!

도하는 두 눈을 감은 채 다시 노래에 귀를 기울였다. 마침 창밖에서 바람이 살랑 불어와 한여름의 열기를 식혀 주었다. 매미 소리까지 어우러지면서 도하는 잠깐이지만 푸른 잎이 우거진 수풀에서의 맑고 싱그러운 기분을 느낄 수 있었다.

형, 자세한 감상평 듣고 싶으면 놀러 와! 나 할 말 많아.

사촌 형에게 답장을 보내고 난 도하는 서둘러 음악학원으로 갔다. 그러고는 어른 한 명이 팔다리를 쭉 뻗으면 딱 맞은 좁은 방에서 연습을 시작했다.

도하는 요즘 한창 배우고 있는 바흐의 <가보트(Gavotte in G minor)>를 연습하다 말고, <G선상의 아리아> 악보를 찾아서 연주해 보았다. 사촌 형이 작곡한 사랑 노래를 듣고 와서 그런지 빠른 템포의 흥겨운 춤곡보다는 서정적인 선율의 <G선상의 아리아>가 더욱 마음에 와 닿았다. 도하는 한동안 바흐의 곡에 푹 빠져 바이올린 연습을 했다.

잠깐 숨을 돌리려는데 '똑똑' 하고 문 두드리는 소리가 났다. 음악 선생님이 문 앞에 서 계셨다.

"도하야, 오늘 일찍 문 닫는다고 한 거 기억하지? 얼른 정리하고 나와."

"벌써요? 온 지 조금밖에 안됐는데……."

도하가 아쉬워하자 선생님이 웃었다.

"조금은 아니지. 벌써 두 시간이나 지났잖아!"

도하는 시계를 확인하고는 깜짝 놀랐다. 시간이 그렇게나 지나 있는지 전혀 몰랐다.

"요즘 부쩍 집중력도 좋아지고 이제는 바이올린 소리도 근사한데? 거봐, 열심히 하니까 실력이 쑥쑥 늘잖아."

생각지도 않았던 선생님의 칭찬을 듣자 도하의 입가에 미소가 걸렸다. 진짜 좋아서 하는 건 어떻게든 티가 나는 모양이었다.

집에 오는 길에 도하는 마트 앞 횡단보도에 서 있는 효미를 보았다.

"어? 남효미!"

효미가 장바구니를 든 채 뒤돌아보았다.

"어? 안녕."

효미가 인사를 해 왔다. 도하는 먼저 알은척을 했지만 무슨 말을 이어 갈지 몰라 쭈뼛거렸다. 마침 신호등이 초록불로 바뀌었다.

도하와 효미는 발걸음을 맞추며 나란히 걸었다. 어색한 침묵이 이어지자 도하가 용기 내어 다시 말을 걸었다.

"심부름 다녀오는 길이야?"

"응. 너도?"

"아, 나는 바이올린 연습하고 오는 길이야."

도하는 등에 멘 바이올린 가방을 보여 주며 씩 웃었다.

"바이올린 어렵다던데 대단하다!"

효미가 진심으로 감탄했다.

"나도 아직 잘은 못해. 재미있어서 열심히 배우는 중이야."

금세 이야기가 끊겨 또다시 숨 막히는 침묵이 이어졌다.

이번에는 효미가 먼저 말을 걸었다.

"너희 집에도 음악 소리 들렸니? 좀 크게 나던데."

도하는 자기가 틀어 놓은 음악 소리가 시끄러워서 그러는 줄 알고 뜨끔했다. 그런데 효미가 아까 도하의 사촌 형이 보내 준 노래의 멜로디를 따라 흥얼거리는 게 아닌가? 도하는 놀란 눈으로 효미를 쳐다보았다.

"창밖에서 계속 들리더라고. 노래가 좋던데 처음 들은 노래라서,

혹시 너도 들었어?"

"아, 난 또 시끄러웠나 하고 놀랐네. 그 노래 내가 틀었어. 우리 사촌 형이 만든 곡이야."

도하는 효미의 반응에 다행이라고 생각했다.

"진짜? 난 몰랐어. 어른들이 틀어 둔 건가 했는데 아무튼 노래 좋더라. 입안에서 자꾸 맴돌더라고."

도하는 자기가 좋아하는 음악을 효미도 좋다고 해 줘서 너무나 기뻤다.

효미는 평소에 포세이돈의 노래를 자주 듣는다고 했다. 도하는 자기도 얼마 전에 친구와 정원에서 풀을 뽑으면서 포세이돈 노래를 신나게 따라 불렀다고 얘기해 주었다. 그러자 효미가 까르르 웃었다.

효미가 활짝 웃는 모습을 도하는 처음 보았다. 웃을 때 보니 효미의 동그란 눈이 초승달로 바뀌었다. 예뻤다.

"아까 그 노래 말이야, 우리 사촌 형이 괜찮다고 하면 너한테도 보내 줄까?"

"정말? 그럼 고맙지."

도하가 내민 휴대전화에 효미가 제 전화번호를 눌렀다. 도하가 그 번호로 전화를 걸자 자연스레 효미 휴대전화에도 도하의 전화번호가 떴다.

도하는 효미의 전화번호를 저장했다. 그러는 사이 효미도 도하의 이름을 휴대전화에 저장했다. 도하가 헤벌쭉 벌어지려는 입술을 꼭 깨물었다. 참으려고 하는데도 자꾸만 입꼬리가 위로 올라갔다.

　　좋아하는 음악에 대해 얘기를 나누다 보니, 금세 빌라에 다다랐다. 도하는 1층에서 효미와 헤어지며 손을 흔들었다. 효미가 다시 초승달 눈으로 웃었다. 도하의 심장이 쿵 내려앉는 것 같았다. 도하는 얼굴이 빨개진 걸 들킬까 봐 단숨에 2층까지 뛰어 올라갔다. 심장이 터질 것처럼 쿵쾅쿵쾅 빠르게 뛰었다.

　　도하는 방에 들어오자마자 침대로 몸을 던졌다. 얼굴을 베개에 파묻고는 마구 비벼댔다. 이윽고 침대에서 일어나 크게 심호흡을 하고는 창문을 활짝 열고 나서 음악을 틀었다. 아까 사촌 형이 보내 준 곡이었다.

　　도하는 휴대전화 톡방의 친구 목록에서 남효미 이름을 찾았다. 효미 프로필에 포세이돈의 앨범 재킷이 걸려 있었다. 도하는 떨리는 마음을 가라앉히고 담담하게 메시지를 보냈다.

> 잘 들려?

도하의 메시지에 바로 답장이 달렸다.

 응, 완전ㅎㅎㅎ 고마워.

> 좋은 음악 있으면 다음에 또 추천해 줄까?

 응, 좋아!

도하는 채팅창에 뜬 '좋아'라는 글자를 보자 히죽히죽 웃음이 나왔다. 마음이 간질간질해지면서 찌릿했다. 쑥스러워서 효미와 계속 이야기를 주고받기가 어려웠다. 정신없이 이모티콘으로 인사를 건네고는 대화창을 닫아 버렸다.

"정신 차려, 임도하! 혼자 왜 이러냐고?"

도하는 다시 침대에 벌렁 드러누웠다. 눈앞에 초승달 모양의 귀여운 조각배를 타고 솜사탕처럼 폭신한 구름 위를 두둥실 떠가는 효미가 아른아른 보이는 듯했다. 이렇게 설레는 마음을 멜로디로 표현하고 싶었다. 천장에 음표가 저절로 그려졌다. 자연스레 곡 제목도 떠올랐다.

'너의 초승달 눈.'

도하가 처음으로 작곡한 곡이었다.

음악 창작의 영감

클래식 음악을 듣다 보면 이 곡은 어떻게 작곡하게 되었을까 궁금할 때가 있어. 효미가 생긋 웃을 때마다 생기는 초승달 눈이 예뻐서 내가 처음으로 작곡을 한 것처럼, 멋지고 근사한 이야기가 숨어 있는 음악들도 꽤 많을 거야. 클래식 음악과 관련하여 재미있는 비하인드 스토리를 알아보기로 해.

영국을 대표하는 작곡가로 유명한 '엘가'는 스물아홉 살 때 자신이 피아노를 가르치던 제자 중 한 사람인 앨리스라는 귀족 가문의 여인과 사랑에 빠지게 된다. 평민 출신인 데다가 앨리스보다 여덟 살이나 어린 엘가를 당시 앨리스 집안에서는 엄청나게 반대했다. 하지만 두 사람은 이에 굴하지 않고 어렵게 약혼을 한다. 그때 약혼 선물로 엘가가 만든 곡이 바로 〈사랑의 인사〉이다. 엘가는 자신을 항상 응원해 주고 음악적인 조언도 아끼지 않은 앨리스를 정말 사랑했다. 〈위풍당당 행진곡〉 등 활발하게 창작 활동을 이어 가던 엘가는 앨리스가 죽은 후로는 단 한 곡도 작곡하지 못했다고 하니, 그 사랑이 얼마나 진실했는지 알 수 있다. 그래서 그런지 '사랑'을 주제로 하는 클래식 음악이라고 하면 많은 사람들이 엘가의 〈사랑의 인사〉를 떠올리게 된다.

엘가 (E. W. Elgar, 1857~1934)
영국의 낭만주의 작곡가

| 문학과 음악 |

18세기 말부터 19세기에 걸쳐 나타난 예술 사조를 흔히 '낭만주의'라고 부른다. 낭만주의는 문학에서부터 활발하게 꽃을 피웠기 때문에 이 시기에 나온 음악들 또한 문학의 영향을 많이 받았다.

후기 낭만파 작곡가인 '슈트라우스'는 '니체'의 철학서 『차라투스트라는 이렇게 말했다』에서 영향을 받아 자신이 이해한 니체의 철학을 음악에 녹여 냈어. 그 작품이 바로 슈트라우스를 대표하는 교향시 〈차라투스트라는 이렇게 말했다〉 Op. 30이야.

"모든 신은 죽었다.
이제 우리는 초인(超人)이 등장하기를 바란다.
그래서 그대들에게 초인을
가르치려 하노라."

니체 (F. W. Nietzsche, 1844~1900)
독일의 철학자

'쇼팽'의 〈발라드 1번〉 또한 폴란드 시인 '아담 미츠키에비치'의 서사시 『콘라트 발렌로트』에서 영감을 받아서 작곡한 곡으로 유명해.

〈목신의 오후에의 전주곡 L. 86〉은 프랑스의 인상주의 작곡가 '클로드 드뷔시'가 프랑스 시인 '말라르메'의 시 『목신의 오후』에서 영감을 받아 작곡한 곡이야. 처음에 말라르메는 드뷔시가 허락도 받지 않고 자신의 시로 음악을 만들었다는 사실에 분노했지만, 이후 직접 음악을 듣고 나서는 마음을 바꾸어 찬사를 보냈다고 해.

| 미술과 음악 |

미술 작품을 보고 영향을 받아서 음악을 만든 작곡가들도 많이 있다. 러시아의 작곡가 '라흐마니노프'는 스위스의 상징주의 화가인 '아르놀트 뵈클린'의 그림을 보고 강렬한 영감을 받았다. 그래서 동일 제목의 교향시 〈죽음의 섬〉을 작곡한 것으로 유명하다.

스위스 화가 아놀드 뵈클린의 그림 〈죽음의 섬〉

라흐마니노프
(S. V. Rakhmaninov,
1873~1943)
러시아계 미국인 작곡가,
피아노 연주가, 지휘자

라흐마니노프 앨범 〈죽음의 섬〉

죽음을 주제로 다룬 작곡가로 '리스트'도 빼놓을 수 없어. 리스트는 청년 시절부터 죽음에 관심이 많아서 파리의 병원, 요양원, 지하 감옥을 둘러본 적이 있으며, 〈장례식〉, 〈음침한 골고다〉, 〈죽음의 상념〉 같은 곡을 작곡하기도 했어. 1849년에 발표한 피아노 협주곡 〈죽음의 무도(Totentanz)〉는 이탈리아 피사에 있는 사원의 벽에 그려진 프레스코화 〈죽음의 승리〉를 보고 영감을 받아 만든 곡으로 알려져 있어. 〈죽음의 승리〉는 사냥을 다녀오는 화려한 옷차림의 남녀와 기사들이 죽음의 신에게 짓밟히는데, 구원받는 영혼들은 천사들이 천국으로 데려가고 버림받는 영혼들은 악마들이 화산으로 끌고 가 불길 속에 내던지는 처참한 모습을 담은 그림이래.

가을

9월 🎵 음악 멘토

도하가 다니는 음악학원으로 반가운 손님이 찾아왔다. 사촌 형이 깜짝 방문을 한 것이었다.

도하는 기타를 메고 서 있는 사촌 형을 발견하자마자 주먹 쥔 손을 내밀었다. 형은 도하와 주먹을 맞부딪치고는 도하의 머리를 마구 헝클어뜨렸다.

"이야, 못 본 사이에 엄청 컸다! 곧 형 키도 따라잡겠는데?"

형이 도하의 키를 가늠해 보더니 놀라워했다. 도하는 뻐기듯이 어깨를 으쓱하고는 씩 웃었다.

"배고프지? 형이 맛있는 거 사 줄게."

도하와 사촌 형은 큰길에 있는 햄버거 가게로 들어갔다. 두 사람은 서로 마주 앉아 햄버거를 먹으며 그동안 어떻게 지냈는지 이야기를 주고받았다.

"도하, 넌 뭐 하고 지냈어?"

"음, 계속 바이올린 배우고 있고, 학교 오케스트라 활동도 하고, 또 이것저것 다양한 음악을 들으며 지냈지. 참, 지난번에 형이 작곡한 곡 말이야, 친구한테 들려줬더니 그 친구도 엄청 좋아하더라."

도하는 효미가 좋아하던 모습을 떠올리고는 배시시 웃었다.

"친구 누구? 설마 여자 친구 생겼냐?"

형이 음흉한 눈빛을 보냈다.

"아니, 그런 거 아니야."

도하가 손사래를 치자 형이 싱글싱글 웃었다.

"오, 발뺌하니까 더 수상한데!"

형이 자꾸 놀리자 도하는 난처한 상황에서 벗어나기 위해 얼른 말꼬리를 돌렸다.

"그러는 형은? 현지 누나였나, 그 누나랑 잘 지내?"

"앗, 내가 얘기 안 했나? 그 친구랑 헤어졌어."

형이 햄버거를 먹다 말고 얕은 한숨을 내쉬었다.

"정말? 전혀 몰랐어. 형이 이번에 작곡한 노래도 그 누나를 생각하며 만든 줄 알았지……."

도하는 형의 이별 소식에 안타까운 마음이 들었다. 만남 뒤에 이별이 따를 수 있다는 사실이 마음에 걸렸다.

"그건 맞아, 내가 많이 좋아했으니까. 근데 난 곧 군대에 가야 하고, 그 친구도 취업 준비하느라 바빠지면서 자주 만나질 못했어."

도하는 작년에 사촌 형이 입대를 앞두고 신체검사를 받는다고 할 때까지만 해도 아무 생각이 없었다. 그런데 곧 군대에 간다는 말을 들으니 가슴이 덜컹했다. 도하의 표정이 어두워지자 형이 애써 밝은 목소리로 말을 이었다.

"사귀다가 이별할 수도 있는 거니까. 나중에 또 다른 인연이 나타나겠지. 그래도 음악 덕분에 외롭지 않고 얼마나 다행이냐!"

형이 씩 웃었다. 도하는 형이 씩씩해서 다행이라고 생각했다.

"맞아, 음악이 없었으면 어쩔 뻔했어!"

도하 자신도 집에 혼자 있을 때 음악을 틀어 놓고 허전한 마음을 채운 적이 많아서 형이 한 말이 이해가 되었다.

"근데 이번에 만든 곡 말고 형 밴드에 다른 사랑 노래도 많아?"

"우리는 록 밴드야. 사랑 노래도 제법 있긴 하지만, 기본적으로 사회 비판적인 저항 정신이나 시대정신 같은 걸 음악으로 표현한 노래가 더 많아."

"와, 록 스피릿! 듣기만 해도 멋지다! 내가 형이 하는 밴드 음악을 좋아하는 이유가 있다니까."

"야, 임도하! 말이 나와서 말인데, 형처럼 밴드 음악 하고 싶다던 녀석이 갑자기 오케스트라 활동을 한다고 해서 내가 얼마나 놀랐는지 아냐? 바이올린 배우는 게 재밌어?"

사촌 형의 말에 도하는 멋쩍게 머리를 긁적였다.

"그러게. 나도 내가 오케스트라 활동까지 하게 될 줄은 정말 몰랐어. 근데 그런 거 있잖아. 밴드 음악이 베이스랑 일렉 기타, 건반, 드럼 같은 악기가 어우러지면서 멋진 화음을 만들어 내는 것처럼 오케스트라도 그래. 여러 악기 소리가 쌓이면서 하나의 선율을 딱 만들어 낼 때, 막 가슴이 뛰고 웅장해지는 기분? 클래식 음악을 들으면 나도 모르게 머릿속으로 어떤 풍경이 떠올라. 그리고 그 풍경 속으로 풍덩 빠져드는 거지."

도하는 두 손을 모으고 가슴에 올렸다. 심장이 쿵쿵 뛰는 게 느껴졌다.

"완전 빠졌네 빠졌어. 하긴, 모든 음악은 다 통하니까 뭐든 열심히 즐기면서 하면 되는 거지. 그래도 클래식 음악 듣는다고 밴드 음악 모른 척하기 없기다!"

사촌 형이 가느다랗게 실눈을 뜨고는 입을 삐죽거렸다.

"당연하지. 밴드 음악은 사랑입니다!"

도하가 손가락으로 하트 모양을 만들어 보이고는 헤헤 웃었다.

"역시 넌 밴드 음악의 진가를 알아봐 주는 멋진 팬이야. 이쯤에서 형이 열성 팬한테 줄 선물이 있지!"

형이 장난스레 말하고는 기타 옆에 둔 종이가방을 도하한테 내밀었다. 도하는 선물이라는 말에 신이 나서 가방을 들여다보았다.

"와, 폴라로이드 카메라다! 형, 이거 내가 엄청 갖고 싶었던 건데 어떻게 알았어?"

도하는 하얀색 폴라로이드 카메라를 손에 들고 흥분해서 말했다.

"어떻게 알긴. 넌 내 손바닥 안에 있다는 뜻이지! 군대 가기 전에 물건들 정리하면서 너한테 줄 만한 게 뭐가 있을까 곰곰이 생각해 봤거든. 폴라로이드 카메라를 고르길 잘했네."

사촌 형이 흐뭇한 얼굴로 도하를 바라보았다.

"기념이니까 첫 사진은 무조건 형을 찍을 거야!"

도하는 카메라를 들고 재빨리 형의 모습을 찍었다. 지이잉 소리와 함께 카메라 몸통에서 필름이 쑥 빠져나왔다. 조금 있으니까 필름 속에서 눈을 감은 채 웃고 있는 형의 얼굴이 나타났다.

"뭐야, 눈 감았잖아! 이 사진은 내가 처리해야겠다."

사촌 형이 사진을 빼앗으려고 하자 도하가 필사적으로 사진을 붙잡았다.

"형 원래 눈 뜨고 있어도 작거든! 내 눈엔 자연스럽고 좋기만 한데 뭘."

도하는 사진을 보며 만족스러운 듯이 함박웃음을 지었다. 그러고는 형이 가져가지 못하게 가방에서 볼펜을 꺼내 사진 아래에 뭐라고 썼다. 날짜와 함께 '나의 음악 멘토'라는 제목을 쓰자 사촌 형이 고개를 저으며 피식 웃었다.

"그래, 맘대로 해라. 나중에 저 사진 속 모습은 찾지도 못할 만큼 멋있어져서 돌아올 테니까!"

도하는 사촌 형이 군대에 간다고 생각하니 너무 아쉬웠다. 지금처럼 아무 때나 만날 수도 없고 음악 얘기를 주고받을 수도 없을 테니까. 하지만 도하의 마음속에 형은 언제나 음악 멘토로 자리 잡고 있을 터였다. 그렇게 생각하니까 형과의 이별이 마냥 슬프게만 느껴지지 않았다.

"형이야말로 나중에 내 모습 보고 깜짝 놀라지나 마! 무대에서 바이올린 연주하는 모습 보고 반해도 난 몰라."

도하가 너스레를 떨자 형이 푸하하 소리 내어 웃었다. 도하도 형을 따라 활짝 웃어 주었다.

오케스트라와 밴드

여러 악기로 합주를 한다는 점에서 오케스트라와 밴드는 언뜻 비슷해 보여. 밴드 음악을 즐겨 듣던 내가 오케스트라 활동에 쉽게 빠져든 것도 어쩌면 밴드와 오케스트라의 비슷한 점 때문이었을 거야. 하지만 구성원의 규모나 악기의 종류에서 오케스트라와 밴드는 많은 차이가 있어. 오케스트라는 현악기를 중심으로 많은 연주자를 필요로 하지만, 밴드는 함께 연주하고 제작하는 소수의 음악가 및 보컬이 있으면 돼. 또 오케스트라는 지휘자가 필요하지만 밴드는 지휘자가 필요 없어. 뿐만 아니라 오케스트라는 클래식 음악 위주로 연주하지만, 밴드는 록, 팝, 재즈, 클래식 등 다양한 장르를 하는 밴드 유형이 존재해.

| 오케스트라와 밴드의 협연 |

20세기 이후 수많은 오케스트라가 여러 방법으로 대중음악을 연주하거나 대중음악인들과 협업을 해 왔다. 언뜻 생각하면 잘 어울리지 않을 것 같지만 의외로 멋진 결과물을 만들어 내기도 했다. 특히 록 밴드와 오케스트라의 협연은 세상을 떠들썩하게 할 만큼 성공적이었다.

메탈리카 & 샌프란시스코 심포니

딥 퍼플 &
런던 로열 필하모닉 오케스트라

스콜피언스 &
베를린 필하모닉 오케스트라

딥 퍼플과 런던 로열 필하모닉 오케스트라 협연

영국 록 밴드 중 '딥 퍼플(Deep Purple)'은 1969년 런던의 로열 앨버트 홀에서 '로열 필하모닉 오케스트라'와 협연으로 <그룹과 오케스트라를 위한 협주곡>을 연주했어. 50분 넘게 이어지는 이 곡은 빠름-느림-빠름의 세 악장 형태로, 긴 카덴차(악장 마지막 부분에 연주되는 무반주 독주)를 드럼으로 연주하는 등 클래식 협주곡의 구성을 그대로 따랐어. 이 협연은 막 활동을 시작한 젊은 록 밴드의 파격적인 음악적 모험으로 평가받았어. 그리고 정확히 30년 후인 1999년에 딥 퍼플은 '런던 심포니 오케스트라'와 똑같은 곡을 같은 장소에서 다시 무대에 올리게 돼. 원곡자인 존 로드가 협주곡의 원래 악보를 분실했는데, 팬들의 도움으로 작품을 재구성해서 역사적인 공연을 다시 할 수 있었다는 비하인드 스토리가 전해지고 있어.

| 예술의 경계를 넘나드는 밴드 음악 |

영국의 록 밴드 '콜드플레이'는 2008년에 〈Viva La Vida〉라는 제목의 싱글 앨범을 발표했다. 이 곡의 제목은 멕시코의 초현실주의 화가인 '프리다 칼로'가 세상을 떠나기 8일 전에 마지막으로 그린 정물화에 쓰여 있던 'Viva La Vida(삶이여 영원하라)'라는 문구에서 따온 것이다. 제목뿐만 아니라 앨범 재킷과 뮤직비디오에도 19세기 프랑스 낭만주의 화가인 '들라크루아'의 그림 〈민중을 이끄는 자유의 여신〉을 모티브로 삼아 웅장하고 용맹스러운 분위기를 표현했다. 음악과 미술의 경계를 넘나드는 경험을 통해 힘겹게 고통을 받는 상황에서도 삶을 찬양하라는 철학적 메시지를 울림 있게 전달하고 있다.

예루살렘의 종소리가 울리고
로마 기병대의 합창 소리가 들리네.
나의 거울과 검, 방패가 되어 주오,
낯선 땅으로 떠난 선교사들이여.

저 높은 곳에 앉으면
진실함은 존재하지 않지.
내가 세상을 지배하던 때의 일이야.

-〈Viva La Vida〉 가사 중에서-

콜드플레이의 4번째 정규 앨범
〈Viva La Vida or Death and All His Friends (2008)〉

프리다 칼로의 그림
<삶이여, 영원하라>

프리다 칼로 (Frida Kahlo, 1907~1954)
멕시코의 초현실주의 화가

콜드플레이(Coldplay)
영국 출신의 세계적 얼터너티브 록 밴드

10월 ♪♪♪ 명품 악기의 유혹

얼마 전부터 별빛 단장님은 합주 시간마다 유명한 오케스트라의 공연이나 연주자의 모습을 담은 영상을 하나씩 보여 주었다. 연주 자세를 배울 수 있고, 실제 공연 감각을 익힐 수도 있어서 합주 연습 못지않게 의미 있는 시간이었다.

도하는 연주자의 실력을 눈여겨보면서 어떻게 하면 연주를 잘할 수 있을까 궁리하기도 하고, 자신도 저렇게 잘하겠다고 의욕을 불태우기도 했다. 최근 들어 여러 번 단장님께 칭찬도 들은 터라 요즘 도하는 어느 때보다 자신감에 차서 오케스트라 활동을 하고 있었다. 그런데 오늘 공연 영상을 보고 난 뒤에 바이올린 파트 아이들 사이에서 그동안 도하가 한 번도 생각하지 못한 이야기가 튀어나왔다.

오늘 아이들이 본 영상은 '파가니니'가 작곡한 <카프리스>라는 곡을 세계적인 바이올리니스트가 연주하는 장면이었다. '악마의 파가니니'라는 말이 있을 정도로 뛰어난 실력자들도 모두 피하고 싶어 하는 최고난도의 곡이었다. 도하는 도저히 따라 할 수도 없을 만큼 경이로운 연주법에 입이 쩍 벌어졌다. 놀란 것은 도하만이 아니었다. 바이올린 파트 아이들은 영상을 보고 나서 얼마나 연습해야 저렇게 연주할 수 있는지에 대해 이야기하느라 소란스러웠다. 그러다가 이야기의 방향이 엉뚱한 곳으로 튀었다.

"저 바이올린 엄청 비싼 거야. 저런 곡을 연주하려면 저 정도 바이올린은 가져야 할걸!"

바이올린에 관한 거라면 모르는 게 없는 수재가 알은척하며 말했다. 세계적으로 가장 비싼 악기인 '스트라디바리우스'는 아니지만 그에 못지않은 명품 악기라고 했다.

"역시 실력만으로 되는 게 아니었어."

바이올린 파트 아이들도 맞장구를 쳤다. 그러다가 아이들은 서로 누구의 바이올린이 가장 비싼지 비교하기 시작했다.

"난 콩쿠르 준비하면서 이번에 좀 비싼 바이올린으로 바꿨어. 악기가 좋으니까 소리도 더 좋은 거 있지."

수재가 자신의 바이올린을 보여 주면서 자랑했다. 아이들 틈에 끼어 수재의 바이올린을 구경하던 도하의 낯빛이 점점 어두워졌다.

도하는 자리로 돌아가 자신의 바이올린을 슬쩍 내려다보았다. 어릴 때 도하가 쓰던 것은 몸에 맞지 않고 작아져서 올해 초 엄마가 친구 딸이 쓰던 것을 구해 온 것이었다. 엄마가 매달 음악학원 레슨비도 부담스러워하는 걸 잘 아는 도하로서는 값비싼 바이올린을 새로 사 달라는 건 꿈도 못 꿀 일이었다.

도하는 수재뿐만 아니라 단원 아이들이 가진 바이올린에 비해 자신의 바이올린은 한없이 낡고 보잘것없어 보였다. 이런 악기로는 열심히 노력하더라도 좋은 연주를 할 수 없을 것 같아 새삼 주눅이 들었다.

합주 연습을 하는 동안 도하의 귀에 자신이 내는 바이올린 소리가 마땅찮게 들렸다. 심드렁한 얼굴로 설렁설렁 연주했다. 합주 연습이 모두 끝나고 집에 가려는데 별빛 단장님이 단장실로 도하를 불렀다.

"어디 아프니? 평소랑 다르던데……."

단장님이 도하 표정을 살피며 물었다. 도하는 입을 꾹 다문 채 고개만 도리도리 저었다.

"아니면 무슨 고민이 있나 본데?"

단장님이 도하의 마음을 다 알고 있다는 듯이 팔짱을 끼고는 도하를 쳐다보았다. 단장님의 눈빛에서 '어서 고민을 털어놔!' 하는 목소리가 들리는 것 같았다. 도하는 아까 아이들이 명품 악기에 대해 이야기한 것과 자신의 바이올린에 대한 고민을 솔직하게 말했다.

"아무리 연습하면 뭐 해요? 제가 가진 바이올린으로는 어차피 더 좋은 소리를 낼 수도 없을 텐데요."

도하의 말에 단장님이 고개를 끄덕였다.

"어디, 선생님이 도하 바이올린 좀 봐도 될까?"

단장님은 도하의 바이올린을 받아 들더니 간단하게 연주 시범을 보였다. 도하는 그동안 별빛 단장님이 직접 악기를 연주하는 모습은 본 적이 없어서 낯설게 느껴졌다.

"선생님이 잘하지는 못해도 기본적으로 몇 가지 악기를 다룰 줄은 알아. 예전에는 피아니스트를 꿈꾼 적도 있었고 말이야."

단장님이 연주를 멈추고 빙그레 웃었다.

"어릴 때 친구 따라 피아노 학원에 갔다가 나도 피아노 배우겠다고 난리를 부렸지. 우리 집 형편이 어려웠는데도 어머니가 결국 두 손 두 발 다 들고 학원에 등록시켜 주셨어. 그래도 재능은 있었는지 배운 대로 곧잘 따라 치니까 학원 선생님이 대뜸 콩쿠르 준비를 하자고 그러시더구나. 근데 친구가 샘이 났는지 하루는 나한테 그러는 거야. 넌 집에 피아노도 없으면서 왜 피아노 배우냐고. 사실 친구 말대로 우리 집엔 피아노 살 돈도 없고, 또 누가 공짜로 준다고 해도 놓을 만한 공간도 없었어. 그 말을 듣고 나니 기운이 쭉 빠지더라. 집에서 연습도 못 하는데 앞으로 계속 피아노를 배운다고 해서 실력이 더 늘 것 같지도 않고……."

"그래서 어떻게 하셨어요?"

도하는 단장님 쪽으로 몸을 바싹 당겨 앉으며 물었다.

"어쩌긴, 그 길로 뒤도 안 돌아보고 관둬 버렸지. 하지만 피아노 소리가 계속 머릿속에 떠오르더구나. 아쉬운 마음에 매일 클래식 음악을 귀에 끼고 살았어. 보다시피 지금은 이렇게 학교에서 음악 전담이 되어 오케스트라 지휘도 하고 말이지. 근데 말이야, 만약 그때 피아노를 그만두지 않고 계속했다면 어떻게 되었을까? 내가 지금 별빛 초등학교가 아닌 카네기 홀에서 연주를 하고 있을지도 모르는 일이잖아?"

별빛 단장님이 눈을 찡긋하고는 씩 웃었다. 도하는 합주 연습할 때와는 달리 유머러스한 단장님의 모습에 친근한 마음이 들었다.

"그러니까 도하 너도 값비싼 악기를 가질 수 없다고 미리부터 자신의 바이올린 실력까지 의심하지는 않았으면 좋겠다. 꼭 비싼 악기가 있어야만 바이올린을 잘 배울 수 있고 좋은 연주자가 될 수 있는 건 아니니까 말이야. 바이올린 연주를 계속 하다 보면 나중에 또 어떻게 앞날이 펼쳐질지는 아무도 모르는 거야. 그리고 이 바이올린 말이야, 그동안 잘 관리를 했는지 소리가 나쁘지 않아. 이만하면 연습용으로 충분히 괜찮아. 지금은 도하 네가 늦게나마 왜 오케스트라에 들어오고 싶었는지, 얼마나 바이올린을 좋아하는지 그런 부분을 좀 더 고민하는 게 악단 활동에 도움이 될 것 같은데."

단장님이 도하를 바라보며 미소를 지었다.

도하는 집으로 걸어오면서 단장님이 하신 말씀을 곱씹어 보았다.

'나는 왜 오케스트라에 들어오고 싶었던 걸까?'

도하는 올해 초 별빛 오케스트라 신년 음악회에서 느꼈던 감동을 떠올려 보았다. 바이올린 선율에 머리끝이 쭈뼛 서던 순간이 생각났다. 또 오케스트라 단원이 되어 연습곡을 한 곡 한 곡 익히고 완주해 낼 때마다 뿌듯했던 마음과 등굣길 음악회에서 환호해 주던 친구들의 박수 소리를 기억해 냈다. 그리고 바이올린 연습에 푹 빠져 지낸 지난 여름 방학을 떠올리고는 자신이 바이올린을 얼마나 좋아하는지 깨달았다.

도하는 다른 사람이 가진 악기를 부러워하며 마음이 흔들린 자신이 부끄러웠다.

"좋아요, 악기 탓을 하기보다는 차근차근 실력부터 쌓을게요. 명품 악기는 나중에 좋은 바이올리니스트가 된 다음에 고민할게요."

도하는 다짐하듯 혼잣말로 중얼거렸다. 어디선가 <위풍당당 행진곡>의 한 대목이 귓가에 울려 퍼지는 것 같았다.

나를 위한 악기

처음 바이올린을 배우는 거라면 무턱대고 비싼 악기를 구입하기보다는 연습용을 빌려 써 보고 자신에게 맞는 악기를 찾는 것이 현명해. 아무리 좋은 옷이나 신발도 제 몸에 맞지 않으면 불편하듯이 내가 쓸 악기도 내게 딱 맞는 것을 선택해야 해. 악기의 크기분만 아니라 디자인이나 가격까지 꼼꼼하게 살펴보고 합리적인 기준을 세워 악기를 구입하는 게 좋아. 또 좋은 악기를 갖고 있더라도 제대로 관리하지 못하면 금세 소리가 엉망으로 변하니까 악기 관리법도 잘 배워 둬야 해.

에이징

소리를 틔운다는 '에이징'이란 개념이 있어.
새 악기는 섬유질로 이루어진 나무수지가
엉겨 붙어 있어서 악기의 울림을 방해한 나머지
특유의 답답하고 먹먹한 '새 악기 소리'를 내.
연주를 계속해 주면 진동으로 나무수지가
부서지면서 좀 더 맑고 뚜렷한 소리를 내게 되지.
오래된 악기일수록 좋은 소리가 난다고
알려진 것은 바로 이러한 에이징의
원리 때문이야.

| 바이올린 관리법 |

올바른 악기 관리법을 배워서 내가 가진 바이올린이 더 좋은 소리를 낼 수 있도록 항상 정성을 들이고 애정을 가져야 한다. 악기를 떨어뜨리지 않고, 던지지 않는 건 기본 중의 기본!

로진 바르기

바이올린의 활털에 꼭 발라 줘야 하는 로진은 소나무나 잣나무에서 분비되는 끈적끈적한 송진이야. 바이올린에는 액체 상태의 송진이 굳어진 것을 사용해. 밝은색 로진과 어두운 색 로진이 있는데 밝은색은 부드러운 소리를, 어두운 색을 쓰면 더 큰 소리를 내.

로진 닦기

항상 연습이 끝나면 바이올린에 묻은 로진을 닦아 내야 해. 깨끗하고 마른 수건으로 줄, 지판, 브리지 쪽을 닦으면 돼. 가솔린과 모슬린 천을 이용해 닦으면 바이올린 몸통을 반짝이게 만들 수 있어. 대신 활에 묻은 로진은 닦지 않아도 돼.

케이스에 넣기

바이올린을 케이스에 넣을 때는 가장 마지막으로 넣어야 하고, 꺼낼 때는 가장 먼저 꺼내야 해. 활보다 먼저 바이올린을 넣고 마지막에 꺼내야 실수로 떨어뜨리게 될 확률을 줄일 수 있어.
간혹 귀찮다고 어깨 받침대를 낀 채로 바이올린을 케이스에 넣는 경우도 있는데 그러면 악기가 상할 수 있어.

보관 장소

바이올린은 너무 춥지도 덥지도 않은 곳에 보관해야 음이 변하지 않아. 과한 열이나 습도에 노출시키지 않도록 주의해.

실력이 뛰어난 연주자들은 특별히 악기를 가리지 않더라도 멋진 연주를 해낼 수 있을 것이다. 그렇지만 자신의 연주 실력을 더욱 돋보이게 만들어 주는 훌륭한 악기가 있다면, 제아무리 천재 연주자라고 해도 가지고 싶은 욕심이 생기지 않을까?

명품 피아노 스타인웨이 앤드 선스(Steinway & sons)

'스타인웨이'라고 불리는 이 유명한 피아노는 1853년에 미국으로 이민을 온 독일인 '헨리 E. 스타인웨이'가 뉴욕 맨해튼에서 만들었어. 그는 아들과 함께 25년 동안 무려 4만 2천 대의 피아노를 제작했다고 해. 스타인웨이 피아노 한 대를 제작하는 데는 1만 2천여 개의 부품이 필요하고, 2년 정도의 시간이 걸려. 100퍼센트 수작업으로 제작되는 만큼 진정한 장인이 아니면 만들 수 없는 피아노야.

현재 전 세계 연주회나 콩쿠르 무대에서 가장 많이 볼 수 있는 피아노가 바로 스타인웨이야. 가격은 그랜드 피아노를 기준으로 대략 1억~3억 정도 한다고 해.

헨리 E. 스타인웨이

명품 바이올린 스트라디바리우스

17~18세기 '스트라디바리'가 만든 수제 바이올린으로, 명품 바이올린의 대명사로 손꼽혀. 스트라디바리는 94세까지 총 1,116개의 바이올린을 만든 것으로 알려져 있는데, 정작 바이올린 만드는 비법은 아들에게조차 알리지 않고 세상을 떠났다고 해. 바이올린은 전쟁 등으로 파손되거나 사라져 현재는 500여 점이 남아 있어. 희소성뿐만 아니라 깊고 풍부한 음색으로 바이올리니스트의 사랑을 받고 있지.

스트라디바리우스는 제작자가 살아 있는 동안에도 명성이 높았지만, 1782년 이탈리아의 바이올리니스트인 '조반니 비오티'가 파리 연주회에서 사용하면서 더욱 유명해졌어.

우리나라에서는 세계적인 바이올리니스트인 '정경화'가 이 악기를 가지고 있는 것으로 유명해.

안토니오 스트라디바리

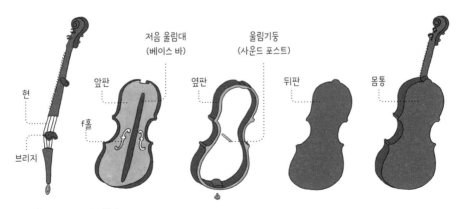

현

브리지

앞판

f홀

저음 울림대
(베이스 바)

옆판

울림기둥
(사운드 포스트)

뒤판

몸통

바이올린 소리가 나는 원리

활털로 현을 마찰시켜 생긴 진동을 브리지로 전달 ➜ 진동이 사운드 포스트에 의해 뒤판으로 전달 ➜ 베이스 바를 통해 앞판 전체로 진동이 전달되어 소리를 증폭시킴 ➜ 몸통은 스피커 역할 담당

11월 ♪♫♪ 함께, 조화롭게, 앙상블!

학교에서 해마다 열리는 주제 발표회 날이 다가오고 있었다. 올해 성원초등학교 6학년이 발표할 주제는 '나의 취미는? 행복!'이었다. 도하는 오케스트라 활동을 발표할 계획이었지만, 어떻게 소개할지 구체적인 방법이 떠오르지 않았다.

놀이터에서 해찬이를 만난 도하는 주제 발표 얘기를 꺼냈다.

"한 해 동안 해 왔던 오케스트라 활동을 발표하려는데 새다르게 소개할 방법을 모르겠어. 어떤 곡을 몇 시간 연습했는지 늘어놓는 건 지루할 것 같고, 아이들 앞에서 연주만 하는 건 식상하잖아. 좀 특별한 게 없을까? 해찬이 넌 어떻게 할 거야?"

"난 '열두 달 정원 가꾸기 달력'을 만들어서 일 년 동안 정원을 어떻게 가꾸었는지 발표할 생각이야."

해찬이는 가방에서 다이어리를 꺼내 그동안 적어 둔 내용을 살짝 보여 주었다.

"와, 좋은 생각인데? 달력으로 보면 무슨 활동을 했는지 한눈에 알겠다. 아이들도 재밌어할 것 같아! 은재는 보리의 성장 사진을 모아서 '올바른 반려견 돌보기 자료집'을 만들었대. 다들 그런 멋진 아이디어를 어떻게 생각한 거야?"

도하는 이미 발표 방법을 정한 친구들이 부러웠다. 자기도 빨리 오케스트라 활동을 소개할 방법을 찾고 싶었다. 그때였다.

"보리야! 보리!"

은재가 동생 연재와 함께 보리를 부르며 놀이터로 뛰어왔다.

"호랑이도 제 말 하면 온다더니 은재 쟤 호랑이였네!"

도하와 해찬이는 은재 얘기를 하자마자 은재가 나타나는 걸 보면서 서로 마주 보고 킥킥 웃었다. 그런데 은재와 연재의 표정이 심각했다. 도하가 무슨 일인지 물으니, 은재가 잠깐 문을 열어 놓은 사이에 보리가 집을 나갔다고 했다.

"우리도 같이 찾을게!"

도하와 해찬이도 재빨리 나섰다.

도하도 보리 사진으로 전단을 만들어서 붙이기로 하고, 은재와 해찬이는 구역을 나누어서 보리를 찾기로 했다. 그사이 보리가 집으로 돌아올 수도 있어서 연재는 집에 가서 기다리기로 했다. 회의를 하는 동안 다들 어찌나 비장한 얼굴을 하고 있는지 도하는 어디선가 베토벤의 <운명> 교향곡이 울려 퍼지는 것만 같았다.

해찬이가 집에 가려고 돌아서는 연재를 붙잡고는, 집에 가자마자 보리 담요를 창문 밖으로 던지라고 했다. 담요를 갖고 돌아다니면 보리가 익숙한 냄새를 맡고 찾아올 수도 있다고 말이다. 모두들 다시 연락을 주고받기로 하고 각자 맡은 역할에 따라 흩어졌다.

도하는 재빨리 집으로 가서 보리를 찾는 전단부터 만들었다. 커다란 눈망울로 카메라를 바라보고 있는 보리의 얼굴을 보니 마음이 급했다. 서둘러 프린터로 전단을 출력해서 각 동 입구와 경비실, 상가 곳곳에 붙였다. 또 만나는 사람마다 전단을 보여 주며 보리를 보았는지 묻고 다녔다. 온 동네를 헤매고 다니는 동안 어느새 저녁 어스름이 내려 사방이 어둑어둑해졌다.

'도대체 보리는 어디에 있는 걸까?'

도하는 보리를 찾지 못한 채 은재를 만날 생각을 하니 발걸음이 무거웠다. 쌀쌀한 바람까지 불어와 더욱 보리가 걱정되었다. 바로 그때, 반전의 순간처럼 해찬이로부터 문자가 왔다. 보리를 찾았으니 놀이터로 오라는 거였다. 도하는 한달음에 달려갔다.

도하는 보리를 찾기까지의 과정이 꼭 비발디의 <사계> 중 '겨울'인 것만 같았다. 무서운 기세로 불어오는 칼바람에 몸이 떨리고(1악장), 눈 내리는 풍경을 바라볼 때는 고요한 마음이 들었으며(2악장), 빙판길에 미끄러지면서도 신나게 달려가는 꼬마 아이의 모습처럼(3악장) 도하의 하루 또한 변화무쌍했다.

해찬이가 담요를 품에 안고 놀이터 한가운데에 서 있었다. 도하가 반가워서 손을 드는데, 갑자기 은재가 도하를 앞지르더니 쌩하니 뛰어갔다. 은재가 담요를 건네받자 담요 안에서 보리가 고개를 쏙 내밀었다. 그러고는 은재 얼굴을 마구 핥았다. 은재는 보리를 못 찾을까 봐 얼마나 걱정을 했는지 왈칵 눈물을 쏟았다.

　해찬이 예상대로 보리가 담요 냄새를 맡고 찾아왔다고 했다. 도하는 보리를 찾는 데 중요한 역할을 한 해찬이가 대견해서 어깨를 꾹꾹 눌러 주었다.

　"은재야, 괜찮아?"

　언제 왔는지 효미가 은재 곁에 서 있었다.

　효미를 발견한 도하는 당황해서 멈칫했다. 빌라나 학교에서 효미를 마주칠 때마다 자꾸만 얼굴이 발갛게 달아올랐다.

　은재가 효미를 붙잡고 보리를 잃어버렸다가 되찾은 과정을 말하다가 또다시 눈물을 글썽이며 해찬이와 도하를 돌아보았다.

　"너희들 아니었으면 절대 못 찾았을 거야! 고마워, 모두 고마워."

　은재가 자꾸만 고맙다고 했다.

　도하와 친구들이 이야기를 주고받는 사이, 효미는 세 사람 사이에서 쭈뼛거리며 서 있었다. 그러다가 해찬이를 돌아보며 어색하게 눈인사를 건넸다.

"아, 너네 아직 인사 안 했구나? 얘는 남효미고 얘는 유해찬."

은재가 서로 소개해 주었다. 하지만 보리의 상태가 좋지 않아서 모두들 대충 인사만 하고 서둘러 헤어질 수밖에 없었다.

그날 밤, 도하의 휴대전화에서 메시지 알림 소리가 났다. '무지개 빌라 6학년'이라는 단톡방 이름이 눈에 들어왔다. 은재가 도하와 해찬이, 효미를 초대해서 만든 단톡방이었다.

단톡방은 잃어버렸다 찾은 보리 이야기를 하느라 한참 동안 시끄러웠다. 그러다가 이번 크리스마스 때 효미네 집에서 파티를 하는 것으로 대화가 이어졌다. 몇 년 전까지만 해도 무지개빌라에 사는 주민들이 함께 성탄 파티를 했었다. 한동안 조용히 지나가서 아쉬웠는데 도하만 그런 건 아닌 모양이었다. 은재가 다시 성탄 파티를 열자고 하니 다들 반가워했다. 게다가 이번에는 아이들끼리만 모이자는 의견에 모두 찬성을 외쳤다.

도하는 효미네 집에 놀러 갈 생각으로 벌써부터 마음이 설렜다. 지금껏 차곡차곡 쌓아 온 해찬이, 은재와의 우정처럼 앞으로는 효미와도 좋은 관계를 만들어 갈 수 있을 것 같아 가슴이 두근거렸다.

'어, 이거 왠지 오케스트라 합주랑 연결이 되는데?'

도하는 별안간 오케스트라 활동을 발표할 좋은 생각이 떠올랐다. 아까 친구들끼리 힘을 모아 보리를 찾은 일도 그렇고, 친구들과 함께한 일들을 오케스트라 합주와 엮어서 소개하면 좋을 것 같았다.

　도하가 혼자 공부하고, 음악을 듣고, 바이올린 연습을 한 것은 악기 연주로 치면 '독주'에 해당한다. 해찬이와 함께한 일들, 은재와 함께한 일들은 '이중주', 도하와 해찬이, 은재 셋이서 함께한 일들은 '삼중주', 이제 여기에 효미까지 함께하면 '사중주'에 해당한다. 문득 오케스트라 단원 간에 서로 힘을 합쳐 조화로운 선율을 만들어 내는 '앙상블'도 이와 같다는 생각이 들었다. 앙상블은 결코 하루아침에 만들어지는 게 아니었다. 친구들 사이에 조그만 사건들이 쌓이고 쌓여 서로를 끌어 주고 당겨 주며 더욱 소중한 관계로 발전하게 되는 것처럼, 앙상블도 서로 호흡을 맞추고 차곡차곡 소리를 쌓아 가면서 함께 완성하는 것이었다.

　오케스트라 활동을 멋지게 발표할 방법을 찾아낸 도하는 이게 다 친구들 덕분이라며 해죽해죽 웃었다. 그리고 앞으로 효미와 만들어 갈 이중주에 대해서도 생각해 보았다. 먼저 크리스마스에 어울리는 플레이 리스트를 만들어서 효미한테 선물하고 싶었다. 머릿속으로 온갖 감미로운 곡들이 떠올라 도하는 쉽사리 잠들 수 없었다.

앙상블

일상에서 서로 조화롭게 잘 어우러질 때 '앙상블이 좋다'라는 말을 써. 나와 친구들이 서로 역할을 나누고 협력해서 보리를 찾은 것처럼 말이야. 원래 '앙상블(ensemble)'은 합주할 때 연주자들끼리 화합하여 좋은 소리를 내는 걸 의미하는 프랑스어야.

어원을 거슬러 올라가면 '한 번에, 동시에, 함께'를 뜻하는 라틴어인 '인시물(insimul)'에서 유래했지. 앙상블은 약속에 맞추어 모두가 각자 맡은 임무를 수행할 때 비로소 전체의 조화로움이 이루어진다는 의미를 갖고 있어.

오케스트라에서는 개인 기량도 중요하지만 무엇보다 연주자들 간의 앙상블이 탁월해야 한다. 훌륭한 앙상블을 위해서는 연주자가 약속된 소리의 균형과 질서에 따라 자기 역할을 잘 수행해야 한다. 음정, 리듬, 강약, 음색 등은 물론 세세한 표현 방법에 이르기까지 잘 짜여진 질서 속에서 조화를 이루는 연주를 듣고 있으면, 전율이 느껴지고 저절로 경외심이 들게 된다.

지휘자
지휘자는 합창단이나 오케스트라와 같이 큰 규모의 연주를 수행할 때 연주자들이 좋은 앙상블을 이룰 수 있도록 앞에서 도와주는 사람이야. 아무리 음악적 능력과 지식이 뛰어나더라도 손을 젓는 동작을 이용하여 정확하게 '인시물'을 이끌지 못한다면 지휘자가 존재할 이유는 없게 되지.

| 독주와 중주 |

혼자서 악기 연주를 하는 것을 '독주(솔로)'라고 하고, 여러 사람이 각 악기마다 각각 다른 음을 맡아 연주하는 것을 '중주'라고 한다. 중주를 할 때는 악기의 종류나 수에 제한은 없지만, 비슷한 음색을 지닌 악기를 편성하거나 안정감 있는 화성을 위해 피아노를 함께 연주하는 경우가 많다.

독주

악기 하나로 연주하는 것을 말해. 피아노, 바이올린, 첼로, 하프, 플루트, 트럼펫 등 다양한 악기의 솔로 연주가 가능해.

이중주

악기 2개로 연주해.
'듀오', '듀엣'이라고 해.

삼중주

악기 3개로 연주해.
피아노 삼중주, 현악 삼중주가 있어.
'트리오'라고 해.

사중주

악기 4개로 연주해. '콰르텟'이라고 불러. '현악 4중주'는 보통 2개의 바이올린과 1개의 비올라, 1개의 첼로로 이루어져 있어. 최소의 악기로 최대의 음악적 효과를 얻을 수 있어서 실내악에서 가장 중요하고 완성도가 높은 중주에 해당해.

겨울

12월 ♫♫♫ 안단테 콘 모토, 느리게 그러나 활기차게

일요일 오후, 도하는 효미한테 주려고 한 달 내내 공들여 만든 크리스마스 플레이 리스트를 드디어 완성했다. 효미를 떠올리며 차곡차곡 정리한 곡이 자그마치 스무 개가 넘었다.

'효미가 좋아할까?'

도하는 해찬이한테 먼저 들려주고 반응을 살피면 도움이 될 것 같았다. 얼른 해찬이에게 집으로 놀러 오라고 메시지를 보냈다. 하지만 해찬이는 베란다에서 키우는 식물들이 얼지 않도록 유리창에 뽁뽁이를 붙이는 중이라며, 도리어 자기 집으로 오라고 했다.

도하는 외투를 걸치고 C동까지 한달음에 달려갔다.

"어서 와, 도하야. 빵 먹고 놀다 가."

해찬이 아빠가 도하를 반갑게 맞아 주었다.

도하는 해찬이와 식탁에 앉아 빵을 먹으며 효미에게 줄 플레이 리스트를 들려주었다.

"어때? 선곡 마음에 들어? 처음에는 신나는 캐럴로 크리스마스

분위기를 끌어올리고, 뒤로 갈수록 차분해지고 따뜻한 느낌이 들
도록 음악 순서를 정했거든."

도하는 곡의 선택과 배치의 이유를 진지하게 설명했지만 해찬이
는 대수롭지 않아 했다.

"뭐가 그렇게 복잡해? 그냥 듣기 좋으면 되는 거 아니야?"

무심한 반응에 도하의 입이 실룩거렸다. 좋아하는 여자아이에게
줄 선물이라고 베프한테만 살짝 털어놓으려던 비밀을 빵과 함께 목
구멍 안으로 꿀꺽 삼켰다.

그때였다. 초인종이 울리고 해찬이 아빠가 현관문을 열고 나갔다.

"안녕하세요, 엄마가 이거 전해 드리라고 해서요."

귀에 익은 여자아이 목소리가 부엌까지 들려왔다.

'설마, 남효미?'

도하는 귀를 쫑긋하고 있다가 현관문 쪽으로 고개를 내밀었다.

"어? 남효미다."

진짜로 효미가 문 앞에 서 있었다. 효미는 해찬이 집에 도하가 있
어서 그랬는지 조금 놀라는 눈치였다. 하지만 곧 평소처럼 싱긋 웃
었다. 초승달 눈웃음에 도하 얼굴이 화끈거렸다.

해찬이 아빠가 집으로 가려는 효미에게 들어와서 놀다 가라고
했다. 효미가 문 앞에 서서 망설이자 해찬이가 손짓했다.

"그래, 들어왔다가 가."

"이 빵 맛있어."

도하도 해찬이 말을 거들며 효미한테 손을 흔들었다.

효미가 못 이기는 척 해찬이네 집으로 들어왔다. 그러고는 도하 옆자리에 앉았다.

긴장이 된 도하는 입술만 달싹거렸다. 어색한 분위기를 풀어 보려고 뜬금없이 게임 이야기를 꺼냈다.

"해찬아, 지난번에 같이 했던 게임 말이야, 그거 이번에 새로운 버전이 나온다고 하던데?"

도하와 해찬이가 게임 얘기를 하는 동안 효미의 눈길이 베란다 앞쪽에 놓인 큰 화분들에 머물렀다.

"그거 다 해찬이가 키우는 거야."

도하는 얼른 효미한테 설명해 주었다. 갑자기 도하가 말을 걸어서 그랬는지 효미가 움찔했다.

"아, 맞다. 남효미, 내 베란다 정원 보고 갈래?"

해찬이가 자리에서 벌떡 일어나더니 효미를 베란다로 데리고 갔다. 효미는 베란다에 들어서자마자 해찬이가 키우는 식물들을 보고 놀란 표정을 지었다. 누구든 해찬이의 식물들을 보고 나면 이런 반응이 나오게 마련이었다. 그렇지만 도하는 효미가 감탄해 하는 모습을 보자 살짝 질투가 났다.

"와, 예쁘다. 이건 무슨 식물이야?"

효미가 길쭉길쭉 층층이 늘어진 초록 잎을 만지며 궁금해했다.

"응. 그건 보스턴고사리야."

"이게 고사리라고? 이런 식물로 방을 꾸며도 근사하겠다!"

"맞아, 일부러 양치식물을 키우는 사람들도 많아. 종류도 다양하고, 습도 조절만 잘해 주면 누구나 쉽게 키울 수 있거든. 줄기 잘라서 물에 담가 두면 번식도 잘돼."

해찬이는 자신이 키우는 식물을 하나하나 소개하며 효미와 다정하게 말을 주고받았다. 도하는 투명인간이라도 된 기분이었다.

'베프라는 녀석이 친구 속도 모르고……, 끙.'

도하는 속이 타들어 갔지만 티를 낼 수도 없었다.

"야, 줄기도 많은데 효미한테 선물로 좀 잘라서 줘!"

도하가 끼어들자, 효미가 도하를 돌아보며 생긋 웃었다.

"아니야, 이렇게만 봐도 좋아!"

도하는 효미의 관심을 끈 것만으로도 기분이 좋았다. 심장이 평소보다 빠르게 뛰었다.

'조금 빠르게는 알레그레토, 빠르게는 알레그로, 매우 빠르게 비바체, 정말 매우 빠르게는 프레스토……'

도하는 자신의 심장 소리에 귀를 기울이며 악상 기호를 떠올렸다.

"정원 보여 줘서 고마워. 난 이제 그만 집에 가야겠다!"

해찬이의 베란다 정원을 둘러본 효미는 집으로 돌아가겠다고 했다.

도하는 해찬이 집을 나서는 효미를 지켜보다가 문득 오늘이 효미한테 자신의 마음을 고백할 타이밍인지도 모른다는 생각이 들었다. 그러자 효미를 놓칠까 봐 마음이 급해졌다. 도하는 벗어 놓은 외투를 찾아 허둥지둥 몸에 걸쳤다.

"왜? 너도 벌써 가려고?"

해찬이가 놀란 눈으로 도하를 쳐다보았다.

"참, 나중에 게임 아이템으로 갚을 테니까 나 고사리 줄기 하나만 떼 갈게!"

도하는 신발을 신으려다 말고 베란다로 가서 아까 효미가 예쁘다고 한 보스턴고사리 줄기를 챙겼다. 도하가 쏜살같이 현관문을 열고 나가자 해찬이가 뒤에서 뭐라고 소리쳤다. 하지만 도하 귀에는 아무 소리도 들리지 않았다.

도하는 오로지 효미만 생각하며 달렸다. A동 쪽으로 효미가 걸어가는 모습이 보였다. 도하의 심장이 매우 빠르게 제멋대로 쿵쾅쿵쾅 뛰었다.

효미는 가다 말고 멈춰 서더니 무슨 재미난 생각이 떠오른 것처럼 혼자 킥킥 웃었다. 또다시 조금 걷더니 이번에는 우두커니 서서 A동 공동 현관 쪽을 바라보았다. 도하는 지금이 말을 걸 기회라는 생각에 서둘러 효미를 향해 다가갔다.

도하가 효미의 이름을 막 부르려던 그때, B동 쪽에서 걸어 나오던 은재가 도하를 발견하고는 손을 흔들었다. 은재 옆에 있던 보리가 도하를 향해 꼬리를 흔들었다. 도하는 은재와 보리가 뛰어오는 모습을 보며 더 이상 효미를 따라가지 못하고 어정쩡하게 서 있었다. 그러는 사이에 효미는 A동 공동 현관으로 쏙 들어가 버렸다. 엄청 빠르게 뛰던 도하의 심장이 순식간에 원래 빠르기로 돌아왔다.

"와, 한겨울에 그런 풀은 어디서 찾았어?"

은재가 도하의 손을 가리켰다. 도하는 반사적으로 고사리 줄기를 몸 뒤로 숨겼다가 다시 은재 앞에 내밀었다.

"보스턴고사리래!"

은재가 눈을 동그랗게 뜨고 도하를 쳐다보았다. 도하는 멍한 눈빛으로 그저 어깨만 으쓱할 뿐이었다.

도하는 느릿느릿 A동 쪽으로 걸어갔다. 머릿속에 슬픈 발라드곡이 떠올랐다. 어디선가 찬 바람이 휘이이 불어와 코끝이 시큰거렸다.

마음을 그린 악보

음악을 듣다 보면 흥에 겨워서 어깨를 들썩일 때도 있고 슬퍼서 눈물을 흘릴 때도 있어. 음악의 무엇이 이런 감정을 불러오는 걸까? 글을 쓸 때 작가가 특정한 단어나 문학적 장치를 사용해 독자에게 의도적으로 메시지를 전하는 것처럼 작곡가들도 악보에다가 음악적 장치를 적어 둬서 듣는 사람이 작곡가의 의도대로 음악을 느끼게 만들어. 빠르게 연주하면 청자가 기쁨이나 긴박감을 느끼게 되고, 느리게 연주하면 슬픈 감정을 느끼게 되는 거지. 악보는 작곡가의 의도를 정확하게 담고 있는, 그 음악에 대한 가장 완벽한 기록이라고 할 수 있어.

| 사랑을 그린 악보 |

낭만파 음악을 대표하는 작곡가 중 한 명인 '슈만'은 문학을 사랑한 작곡가로 칭송받고 있어. 슈만이 남긴 가곡집 <시인의 사랑>은 당대 최고의 시인인 '하이네'가 쓴 사랑에 대한 기쁨과 슬픔을 담은 시에서 영감을 받아 만든 곡으로 널리 알려져 있어.

하이네 (Heinrich Heine, 1797~1856) 독일의 시인

하이네의 시집 『노래의 책』

슈만 (R. A. Schumann, 1810~1856) 독일의 낭만파 작곡가

클라라와 슈만

<시인의 사랑, 작품번호 48>은 슈만이 1840년에 작곡한 연가곡집이다. 클라라와의 오랜 연애가 이루어진 해에 작곡된 것으로, 슈만의 대표적인 가곡이 거의 이 속에 포함되어 있다. 하이네의 시집 『노래의 책』에서 시를 따왔으며, 슈만과 클라라의 사랑 이야기와 연인들의 심리가 반영되어 있다.
가곡집은 총 16곡으로 구성되어 있으며, 1~6곡은 사랑의 기쁨, 7~14곡은 실연의 아픔, 15~16곡은 지나간 청춘의 회상과 사랑의 고통을 표현하고 있다. 특히 첫 번째 곡 <아름다운 오월에>는 사랑을 고백한 남자의 설렘과 상대가 자신을 받아 줄까, 불안해하는 마음이 잘 교차되어 있다.

| 악보 보는 방법 |

우리가 현재 사용하고 있는 악보는 5개의 선과 그 사이 4개의 칸으로 이루어져 있는

'오선보'이다. 악보에는 무엇을 연주하는지(음표), 언제 연주하는지(박자), 어떻게 연주

하는지(셈여림)의 정보가 모두 담겨 있다.

악보에서 음표는 왼쪽에서 오른쪽으로
진행돼. 모든 노래는 악보에서
세로줄로 표현되는 '마디'로 나뉘어져.
이 마디 안에서 다양한 음을
나타내는 여러 종류의 음표가 나타나.

빠르기	뜻
라르고(Largo)	느리고 폭넓게
아다지오(Adagio)	느리고 침착하게
안단테(Andante)	느리고 걸음걸이의 빠르기로
모데라토(Moderato)	보통 빠르게
알레그레토(Allegretto)	조금 빠르게
알레그로(Allegro)	빠르게
비보(Vivo)	힘차고 빠르게
비바체(Vivace)	빠르고 경쾌하게

박자표
한 음을 언제 연주해야 할지 알려면 박자를 셀 수 있어야 해. 박자표는 악보에서 한 마디가 몇 박으로 이루어져
있는지, 한 박이 얼마나 긴지를 표시한 거야. 박자를 올바르게 셀 수 있으려면 그 곡이 어느 정도의 빠르기(템포)로
연주되어야 하는지 알아야 해.

보통 4/4 박자일 경우 한 박을 뜻하는 4분음표가 한 마디에 4개로 이루어져 있다는 걸 나타내.
3/4 박자는 4분음표 3개로, 6/8 박자는 8분음표 6개로 이루어져 있다는 걸 뜻해.

음표

오선보에서 음표의 위치는 연주해야 하는 음의 높이를 알려 줘. 음표의 모양은 그 음을 어떤 길이만큼 표현해야 하는지 알려 주지. 악보에서 음표의 위치와 길이를 보고 따라 연주할 수 있다면 벌써 악보 읽기의 기초는 익힌 셈이야.

| 4분음표 / 1박 | 2분음표 / 2박 | 온음표 / 4박 | 8분음표 / 반박 | 16분음표 / 반의 반박 |

셈여림표

재미있는 표현으로 'fff'가 있는데 이건 '이웃집의 컴플레인'을 의미한다고 하니 연주할 때 조심해야겠지!

피아니시모	피아노	메조 피아노	메조 포르테	포르테	포르티시모
pianissimo	piano	mezzo piano	mezzo forte	forte	fortissimo
pp	p	mp	mf	f	ff
매우 여리게	여리게	조금 여리게	조금 세게	세게	매우 세게

쉼표

다음 음이 올 때까지 아무것도 연주할 필요가 없을 때도 있어. 이처럼 음 사이의 공백은 쉼표로 표시해.

| 온쉼표 | 2분쉼표 | 4분쉼표 | 8분쉼표 | 16분쉼표 |
| 4박자 쉼 | 2박자 쉼 | 한 박자 쉼 | 반박자 쉼 | 반의 반박자 쉼 |

또 12월 무지개빌라 성탄 파티

크리스마스 날 아침, 산타 대신 엄마가 나타나 도하를 붙잡고 또 공부 얘기를 꺼냈다. 새해부터 당장 중학교 과정을 배우는 학원에 다니라는 말이었다. 도하는 지난 여름 방학 때 했던 약속이 생각나서 순순히 엄마 말을 따르기로 했다.

"좋아요. 대신 바이올린은 계속 배우게 해 주세요."

도하의 말에 엄마가 긴 한숨을 내쉬었다.

"그럼 나도 조건이 있어. 바이올린 연습 때문에 학원 수업이나 숙제에 방해가 되어서는 안 돼. 우선순위는 무조건 공부라고!"

엄마가 굳은 표정으로 도하를 쳐다보았다. 도하가 알겠다며 고분고분 말을 듣겠다고 하자 엄마 표정이 밝아졌다.

"참, 지난번 꿈자람 발표회 때 오케스트라 인기가 굉장했다며? 단장님께 여쭤보니 네 실력이 많이 늘었다고 칭찬하시더라. 바이올린 얘기도 하시던데 엄마가 좀 더 괜찮은 걸로 알아보고 사 줄게."

생각지도 않았는데 엄마가 선뜻 새 바이올린을 사 주겠다고 하다니! 뛸 듯이 기뻤다. 흥에 겨워 <크리스마스에는 축복을>이란 노래를 계속 흥얼거렸다.

성탄 파티에 가려고 집을 나서기 직전, 도하는 효미 집에 가져가
야 할 물건들을 한 번 더 챙겼다. 현관에서 신발을 갈아 신고는 거
울을 들여다보았다. 옷매무새를 가다듬고 앞머리를 살짝 쓸어 넘
기며 자연스러운지 확인했다.

"됐다, 완벽해!"

도하는 약속한 시간에 딱 맞추어 계단을 내려갔다. 은재는 벌써
효미네에 도착했는지 1층이 시끌시끌했다. 아래층을 향해 내려갈수
록 도하의 마음은 거꾸로 하늘을 향해 경중경중 날아올랐다. 오랜
만에 성탄 파티를 하는 데다가 처음으로 효미네 집에 가는 거라 더
욱 설렜다.

도하가 1층에 내려온 것과 동시에 공동 현관으로 해찬이가 들어
섰다. 해찬이 손에 크리스마스와 잘 어울리는 빨간색 포인세티아
화분이 들려 있었다.

"오, 화분 멋진데! 나도 뭘 좀 가져올 걸 그랬나."

도하가 아쉬워하자 해찬이가 아무렇지도 않게 화분을 내밀었다.

"그럼 네가 가지고 갈래?"

"어? 아, 아니야!"

도하는 손사래를 쳤다. 어제 해찬이한테 비밀을 털어놓긴 했지

만, 그래도 대놓고 좋아하는 티를 내는 건 부끄러웠다.

"싫음 말든지."

해찬이는 짓궂게 도로 화분을 가져가더니 앞장서 효미네로 걸어갔다. 도하는 괜히 얄미운 마음이 들어 해찬이 뒤통수에 대고 입술만 삐죽거렸다. 그때, 101호 현관문이 벌컥 열렸다.

"오빠들 소리 다 들려!"

연재가 복도로 고개를 내밀고는 소리쳤다. 연재를 따라 나온 보리가 흥분해서 왈왈 짖어 댔다.

"효미 언니 집 예쁘지? 크리스마스 장식도 언니가 혼자 다 했대!"

연재가 제 집인 양 효미네 집을 자랑했다.

거실은 파티 분위기가 물씬 풍기는 소품들로 꾸며져 있었다. 도하는 장식품들을 보며 씩 웃었다. 효미처럼 귀엽고 아기자기했다.

"여기가 효미 방이야. 구경할래?"

은재가 나서서 효미 방을 소개했다. 도하는 은재와 효미 뒤를 따라서 조심스레 방으로 들어가 보았다. 방에 들어서자마자 낯익은 음악 소리가 들렸다.

'어, 이건 내가 선물한 음악인데?'

며칠 전 도하는 효미를 생각하며 만든 플레이 리스트를 몇 번이나 망설인 끝에 겨우 효미한테 전해 주었다. 좋아하는 마음을 들킬까 봐 심심해서 만들어 봤다며 둘러댔었다. 도하는 음악 소리에 멈칫했다가 효미와 눈이 마주쳤다. 저절로 입꼬리가 쑥 올라갔다. 어느새 효미 앞에서 긴장했던 마음도 누그러졌다.

효미가 직접 페인트칠했다는 서랍장도 그렇고 포세이돈 덕질존도 그렇고 방이 왠지 효미와 비슷하다고 느껴졌다. 포세이돈 노래를 즐겨 듣는다고 하더니 덕질존을 꾸며 놓은 솜씨가 남달랐다.

방을 다 구경하고 나서 각자 가져온 음식을 식탁에 꺼내 놓았다. 식탁 한가득 맛있는 음식들이 차려졌다. 마지막으로 효미가 직접 만들었다며 케이크를 내왔다. 케이크 위에 무지개빌라 그림이 그려져 있어서 모두들 흥분해서 소리쳤다.

친구들과 음식을 배불리 먹은 후 도하는 바이올린 연주를 했다. 신나는 멜로디의 캐럴 모음곡이었다. 친구들 앞에서 처음으로 연주하는 거라서 긴장이 되었지만, 모두가 손뼉을 치며 노래를 따라 불러 줘서 도하도 즐기며 연주를 마칠 수 있었다.

이어서 한 명씩 돌아가면서 장기 자랑을 보여 주었다. 춤추고 노래하고 보리까지 끼어서 겅중겅중 뛰는 바람에 모두들 배꼽을 잡고 웃기 바빴다.

"얘들아, 여기 좀 봐!"

도하는 준비해 간 폴라로이드 카메라를 꺼내 친구들 사진을 찍었다. 단체 사진을 여러 장 찍으면서 슬쩍 효미 독사진도 찍었다. 필름에 효미의 웃는 얼굴이 나타나기 전에 얼른 바이올린 가방 속으로 사진 한 장을 숨겼다. 나중에 효미랑 둘이 보고 싶었다.

그때 은재가 자리에서 벌떡 일어나 소리쳤다.

"자자, 집중! 무지개빌라 크리스마스 파티의 하이라이트! <내가 최고 시상식>입니다. 각자 자신에게 어떤 상을 줄지 모두 결정했겠죠? 스스로에게 주는 상품도 준비되어 있나요? 자, 그럼 누구부터 시작할까요? 두구두구두구~."

일 년 동안 잘 살아온 자신을 칭찬하며 스스로 상을 주는 순서였다. 무지개빌라 성탄 파티에서 가장 기대되는 이벤트였다. 도하 역시 자신에게 무슨 상을 줄지 얼마나 고민했는지 모른다.

도하는 한 해 동안 포기하지 않고 열심히 바이올린 연습을 한 자기 자신에게 '열정상'을 주기로 했다. 상품으로는 그동안 모아 놓은 용돈으로 바이올린 활을 준비했다. 얼마 전 바이올린 연습을 하다가 활털이 끊어졌다. 도하가 얼마나 열심히 연습했는지 보여 주는 자랑스러운 증거였다.

"와, 눈 온다!"

효미가 갑자기 창밖을 쳐다보며 환호성을 질렀다. 모두 창가에 달라붙어 눈이 내리는 모습을 바라보았다. 어느새 빌라 마당과 놀이터에 하얀 눈이 쌓이고 있었다.

"우리 눈사람 만들자!"

연재가 혼잣말을 하듯 내뱉은 말에 도하는 가장 먼저 좋다고 호응해 주었다. 도하를 시작으로 모두들 서로 빨리 나가려고 부산스럽게 외투를 껴입었다.

"놀이터로 고 고!"

눈 쌓인 놀이터에서 한바탕 신나게 놀았다. 까르르 웃는 소리로 소란스러웠지만 오늘은 화이트 크리스마스니까 빌라 사람들 모두가 이해해 줄 것 같았다.

아이들 모두 눈 범벅이 된 채로 바닥에 드러누웠다. 도하는 머리를 움직일 때마다 사락사락 눈이 부서지는 소리에 귀가 간지러웠다.

"무지개빌라 6학년 다 모이니까 좋네. 우리 중학교 가서도 친하게 지내자. 어른이 될 때까지."

은재가 하늘을 올려다보며 말했다. 도하와 해찬이는 서로 손바닥을 맞부딪치며 "좋지!" 하고 외쳤다.

도하는 혼자만 잠자코 있는 효미를 흘낏 돌아보았다. 효미가 무지개빌라 건물을 바라보며 말없이 웃고 있었다. 효미의 초승달 눈을 보자 도하의 얼굴에도 저절로 미소가 피어올랐다.

클래식 음악이 흐르는 곳

왠지 클래식 음악은 음악회나 음악 수업처럼 따로 시간을 내서 특별한 곳에 가야만 들을 수 있는, 일상과는 동떨어진 음악 같아. 하지만 사실 우리는 어디에서나 클래식 음악을 들을 수 있어. 무심코 흘려 들었던 학교 종소리, 각종 기념일 때마다 들리던 음악들, 식당이나 카페에서 배경처럼 잔잔히 흐르던 음악, 심지어 게임이나 광고, 드라마 속 절정의 장면에서도 클래식 음악을 만날 수 있지.

결혼식 하면 떠오르는 곡은? 다들 결혼식장에서 신부가 입장할 때 나오는 피아노곡을 들어 본 적 있을 것이다. '딴 딴따 단~'으로 시작하는 바로 그 음악 말이다. 이는 독일 작곡가 '바그너'가 만든 여러 오페라곡 가운데 〈로엔그린〉이라는 작품에 나오는 곡이다. 그리고 결혼식이 끝나고 신랑과 신부가 첫발을 내딛는 순간 씩씩하게 울려 퍼지는 팡파르는 '멘델스존'이 작곡한 극음악 〈한여름밤의 꿈〉에서 4막과 5막 사이에 대공 테세우스와 여왕 히폴리테를 포함한 모든 커플이 결혼식을 하는 장면에서 등장하는 간주곡 '결혼 행진곡'이다.

바그너의 오페라 〈로엔그린〉은 원래 극 중에서는 두 남녀가 헤어지게 되는 비극적인 사랑을 예고하는 장면을 위해 만들어진 곡이래. 실제로 바그너도 많은 기혼 여성과 사랑에 빠져 남의 가정을 파탄 내기로 유명했대. 그런데 바그너의 음악을 좋아하던 영국 공주가 결혼식 때 바그너의 곡을 연주해 달라고 요청한 덕분에 오페라 〈로엔그린〉에 나온 '혼례의 합창'이 사용되면서 그 뒤로 유럽 상류층 사이에서 결혼식장 신부 입장곡으로 인기를 끌게 되었대.

| 졸업식 |

졸업식장에서 가장 많이 사용되는 음악은 뭘까? 우리나라에 '빛나는 졸업장을 타신 언니께~'로 시작하는 〈졸업식 노래〉가 있다면, 미국에는 '엘가'가 작곡한 〈위풍당당 행진곡〉을 대표적인 졸업식 곡으로 손꼽을 수 있다. 이 곡은 1905년 예일대학교 학위 수여식에서 처음 사용된 이후 오랫동안 미국의 거의 모든 고등학교와 대학교 졸업식에서 연주되고 있다.

예일대학교 음대 교수였던 사무엘 포드가 1905년 학위 수여식 때 친구인 엘가를 학교로 초청해 명예 음악박사 학위를 수여하면서, 뉴욕의 음악가들을 불러 엘가의 오라토리오 〈생명의 빛〉과 〈위풍당당 행진곡 1번〉을 연주했다고 해. 그 뒤로 미국 학교의 졸업식에 〈위풍당당 행진곡〉이 널리 쓰인대.

| 생활 속 클래식 |

외국인들이 우리나라에 와서 놀라는 것 중에 하나가 일상 곳곳에서 클래식 음악이
배경음악이나 효과음으로 사용되고 있다는 사실이라고 한다. 지하철 안내음이나, 통
화 대기 중에, 세탁기가 다 돌아가고 난 다음에 무심코 흘러나온 멜로디가 알고 보면
유명한 클래식 곡의 한 소절이다. 평소 클래식 음악과는 담을 쌓고 전혀 모른다던 친구
들도 자기도 모르는 사이에 꽤 많은 클래식 음악을 알고 있다는 사실!

영화 〈죠스〉에서 죠스가 등장하는 부분 |
드보르자크, 교향곡 9번
〈신세계로부터〉 4악장

세탁기 종료 알림음 | 슈베르트, 〈송어〉

드라마 〈오징어 게임〉 속 클래식
알람 소리 | 하이든, 〈트럼펫 협주곡〉 3악장
게임 전 음악 | 요한 스트라우스 2세,
〈아름답고 푸른 도나우강〉

청소차 후진 소리 | 베토벤, 〈엘리제를 위하여〉

1월 ♪♪♪ 오늘부터 1일

'별빛 오케스트라 신년 음악회'가 한 달 뒤로 성큼 다가왔다.

겨울 방학인데도 도하는 일주일에 세 번씩 합주 연습을 하러 학교에 갔다. 몇몇 아이들은 방학에 학교에 와야 한다며 볼멘소리를 냈지만, 작년 별빛 오케스트라 신년 음악회에서 다시 바이올린을 배우겠다고 결심했기에 도하에게는 특별한 의미가 있었다. 게다가 졸업을 앞두고 마지막으로 참여하는 공연이라서 도하는 힘듦이도 묵묵히 참으며 그 어느 때보다 적극적으로 연습에 임했다. 장장 네시간 동안 이어진 합주 연습을 마치고 나자 힘이 쭉 빠졌다.

도하가 바이올린을 가방에 챙겨 넣고 있을 때였다.

"임도하, 잠깐만 이리 와 볼래?"

별빛 단장님이 단장실로 도하를 불렀다. 도하는 실수한 것이 있었는지 되새기며 잔뜩 긴장한 채 단장실로 갔다. 마침 수재가 단장실에서 나오며 도하를 쳐다보았다.

"형, 잘 부탁해!"

수재가 뜬금없는 말을 던지고는 씩 웃으며 도하를 지나쳐 갔다.

이유를 묻고 싶었지만 단장님이 기다리고 있어서 그만두었다.

"연습하느라 고생이 많다. 힘들어서 공연 포기하고 싶은 건 아니지?"

단장님이 떠보듯이 묻는 말에 도하는 손사래를 치며 말했다.

"아니에요. 마지막 공연인데 열심히 해야죠."

도하는 단장님이 더 열심히 하라고 꾸짖는 것 같아 초조했다.

"그래, 늘 열심히 참여해 줘서 고맙다. 다른 건 아니고, 이번 신년 음악회에서 도하가 메인 파트를 맡아 주었으면 해서 말이야."

별빛 단장님이 도하와 눈을 마주치며 말했다.

"네? 제가요?"

도하의 눈이 커졌다. 메인 파트를 맡는다는 것은 제1바이올린 연주자가 되는 걸 의미했다. 별빛 단장님이 천천히 고개를 끄덕였다.

"어머니께는 말씀드렸는데 여태 아무 얘기를 못 들은 모양이구나? 그동안 도하가 성실하게 악단 활동을 해 오고, 또 꾸준히 연습한 덕분에 메인 파트를 맡아도 될 만큼 실력을 갖추었다고 말씀드렸는데 말이야. 이번 공연에서 수재가 바이올린 독주를 할 계획이라 합주에서 빠지게 되었거든. 그동안 합주 연습에 교외 콩쿠르 준비까지 하느라 수재가 많이 힘들었던 모양이야. 어쨌든 마지막 공연이니까 너한테도 기회를 주고 수재도 부담을 덜면 서로 좋을 것 같은데 어때? 메인 파트로 옮겨도 잘할 수 있지?"

별빛 단장님의 깜짝 제안에 도하는 어디서 기운이 샘솟는지 하늘 높이 붕붕 날아오를 것만 같았다.

"네, 당연하죠!"

일 년 전만 해도 별빛 오케스트라에 신입 단원으로 뽑힌 것을 행운이라 여겼는데, 마지막 공연에서 제1바이올린으로 연주한다는 사실이 믿기지 않았다. 도하에게 기적이 일어난 게 틀림없었다.

도하는 퇴근하고 돌아온 엄마에게 별빛 오케스트라 신년 음악회 초대장을 내밀었다. 그리고 제1바이올린 연주자로 참여하게 되었다는 소식을 전했다.

"어머, 지난번에 단장님이 네 실력이 많이 늘었다고 칭찬하시더니 다 계획이 있으셔서 그런 말씀을 하셨나 보네. 아무튼 이렇게 빨리 제1바이올린 주자가 될 줄은 생각도 못 했는데 정말 잘됐다. 축하해."

엄마가 도하의 등을 두드리며 기뻐해 주었다. 도하는 공부가 아닌 바이올린 실력으로 엄마한테 인정을 받은 게 기뻐서 자꾸만 웃음이 새어 나왔다.

방에 들어와 책상에 앉은 도하는 책상 서랍을 열어 제일 아래쪽에 숨겨 둔 폴라로이드 사진을 꺼내 들여다보았다. 사진 속에서 효미가 초승달 눈을 한 채 환하게 웃고 있었다.

도하는 책상 위에 효미의 사진과 신년 음악회 초대장을 나란히 놓았다. 그리고 턱을 괴고 그 둘을 뚫어져라 쳐다보았다. 마침내 어떤 결심이 섰는지 종이에다가 글을 써 내려갔다.

효미에게.

효미야, 나 도하야.
갑자기 편지를 받아서 깜짝 놀랐지?
나 사실 할 말이 있어.
바로 이야기할게.
나 너 좋아해.

도하는 '좋아해'라고 썼다가 다시 지웠다. 괜히 고백했다가 서로 어색해질까 봐 걱정이 되었다. 썼다 지우기를 여러 번 반복한 끝에 한참 만에야 겨우 편지에 마침표를 찍을 수 있었다.

도하는 편지를 고이 접어 초대장과 함께 노란 봉투에 집어넣었다. 봉투 겉면에 '효미'라고 조그맣게 이름을 쓰고는 길게 한숨을 내쉬었다. 이윽고 해찬이를 만나고 오겠다고 둘러대고는 집을 나왔다.

도하는 1층까지 내려가 효미 방에 불이 켜 있는 걸 확인했다. 공동 현관 주위에 아무도 없는지 꼼꼼히 살피고는 101호 우편함에 노란 봉투를 조심스레 밀어 넣었다. 그리고 다시 집으로 뛰다시피 올라왔다.

"뭐야, 벌써 해찬이 만나고 왔어?"

엄마가 놀라며 물었지만, 도하는 아무런 대답도 하지 않은 채 그대로 후다닥 제 방으로 들어가 문을 닫았다.

도하는 효미한테 지금 우편함에 가 보라고 메시지를 보냈다. 효미가 자신의 편지를 읽고 나서 어떤 반응을 보일지 너무나도 궁금했다. 가슴이 두근거려 가만히 앉아 있을 수가 없었다.

도하는 효미의 답장이 오기를 기다리며 창가를 서성였다. 창밖으로 눈이 내리고 있었다. 효미네 집에서 성탄 파티를 한 그날처럼.

'효미도 이 눈을 보고 있을까?'

눈 오는 풍경을 바라보며 효미를 떠올렸다. 그때 갑자기 메시지 알림 소리가 났다.

효미가 사진 한 장을 보내왔다. 나무 위에 하얗게 쌓인 눈이 가로등 불빛을 받아 은은하게 빛나고 있었다. 지금 도하가 보는 것과 같은 풍경이었다. 이어서 메시지가 또 왔다.

오늘부터 1일.

　도하는 기쁨에 겨워 눈을 감은 채 상상의 나래를 펼쳤다. 머릿속으로 별빛 오케스트라 신년 음악회에 온 효미가 관중석에 앉아서 연주를 듣는 모습이 그려졌다. 저절로 입가에 미소가 피어올랐다. 이어서 도하는 무대에 오른 자신의 모습을 상상해 보았다. 객석을 내려다보니 해찬이와 은재도 보이고, 엄마도, 음악 학원 선생님도 보였다. 군대에 가서 오지 못한 사촌 형의 빈자리가 아쉬웠다.

　모든 연주가 끝나고 별빛 단장님이 뒤돌아서 인사하자 관중석의 사람들이 일제히 자리에서 일어나 박수갈채를 보냈다. 끝없이 이어지는 박수 소리에 단장님이 지휘봉을 들어 올리고는 단원 아이들을 둘러보았다. 단장님이 도하와 눈을 맞추고는 부드럽게 미소를 지었다. 그리고 단원들을 향해 고개를 두 번 끄덕이자 단원들은 자세를 고쳐 앉고 다시 연주를 준비했다.

　도하는 이 순간을 위해 호흡을 가다듬고 활대를 단단히 쥐고서 미끄러지듯이 활을 켰다. 숨죽인 실내에 묵직한 바이올린 소리가 울려 퍼지자 도하와 효미 머리 위로 핀 조명이 딸깍 켜졌다. 오롯이 효미만을 위한 도하의 바이올린 독주가 시작되었다.

클래식 공연 관람 예절

친구들 앞에서 처음으로 바이올린을 연주하려니 얼마나 긴장이 되었나 몰라. 하지만 내 연주에 귀 기울여 주고 함께 즐기려고 노력하는 친구들 덕분에 어느새 나도 흠뻑 빠져들어 준비한 공연을 무사히 마칠 수 있었어. 클래식 공연은 연주자들이 들려주는 음악을 여러 관객이 동시에 감상하는 자리야. 연주에 집중해야 하는 연주자와 감상을 하는 관객들 모두를 위해서 공연 에티켓을 지키는 게 중요해.

1) 프로그램 정보 알고 가기
어떤 곡이 연주되는지 미리 알고 가면 공연을 더욱 즐겁게 관람할 수 있어. 어느 시대 어떤 작곡가의 음악인지,
곡에 대한 특징이나 연주자와 지휘자에 대해서 사전 지식이 있으면 음악을 더욱 세심하게 들을 수 있어.

2) 악장과 악장 사이에는 박수 치지 않기
교향곡은 주로 4악장, 협주곡은 3악장으로 되어 있어서 악장과 악장 사이
에서 잠깐 쉬었다 연주해. 이때는 다음 악장 연주를 위해 준비하는
시간이니까 박수를 치면 흐름을 깨게 돼. 잘 모를 때는 주변 사람들이
박수 칠 때 따라서 치는 게 좋아.

3) 깔끔한 복장, 외투는 벗기
반드시 정장을 챙겨 입어야 할 필요는 없어. 깔끔하고 편안한 복장이면
괜찮아. 두꺼운 외투를 입고 왔다면, 공연 전에 미리 벗어 두자.
공연 중에 벗으면 옆 사람의 음악 감상을 방해하는 거야.

4) 연주가 끝나면 환호와 박수로 응원해 주기
모든 연주가 끝난 후 연주자에게 찬사를 보내고 싶으면 '브라보'를 외치며 박수를 치면 돼. 관객들이 보내는
환호와 박수는 연주자들에게 격려, 기쁨, 감동, 환희 등 심리적으로 커다란 위안을 주거든. 계속해서 관객들이
환호와 박수를 보내면 '커튼콜'을 받은 출연자들이 감사 인사나 앙코르 연주로 화답을 하기도 해.

'브라보'는 이탈리아어로 '잘한다', '좋다'라는 뜻이야.
남성 솔로에게는 브라보, 여성 솔로에게는
브라바, 2인 이상의 여성에게는 브라베, 남녀 혼성,
오케스트라에게는 브라비라고 칭찬한대.

커튼콜은 공연이 끝나고 막이 내린 뒤, 관객이
객석에서 환호성과 함께 박수를 계속 보내어 무대
뒤로 퇴장한 출연자들을 무대 앞으로 다시 나오게
불러내는 일이야.

| 도하의 플레이 리스트 |

2월   롤프 뢰블란 편곡, 〈You Raise Me Up〉
         베일리, 〈Long, Long Ago〉

3월   베토벤, 바이올린 소나타 5번 F장조, 작품번호 24 〈봄〉
         헨델, 바이올린 소나타 4번 D장조
         헨델, 〈부레(Bourree)〉

4월   비발디, 〈사계〉 중 '봄'
         김광민, 〈학교 가는 길〉

5월   생상스, 〈동물의 사육제〉
         라벨, 〈어미 거위 모음곡〉
         드뷔시, 〈어린이 차지〉

6월   멘델스존, 바이올린 협주곡 E단조, 작품번호 64
         사라사테, 〈카르멘 환상곡(Carmen Fnatasy)〉

7월   슈만, 가곡집 〈시인의 사랑〉 중 12곡 '밝은 여름 아침에'
         비발디, 〈사계〉 중 '여름'
         드보르자크, 〈현을 위한 세레나데〉

8월   바흐, 〈가보트(Gavotte in G minor)〉, 〈G선상의 아리아〉
         멘델스존, 〈한여름 밤의 꿈〉

9월   엘가, 〈사랑의 인사〉
         리스트, 〈사랑의 꿈〉
         크라이슬러, 〈사랑의 기쁨과 사랑의 슬픔〉

10월   파가니니, 〈카프리스(카프리치오)〉
         엘가, 〈위풍당당 행진곡〉

11월   베토벤, 교향곡 5번 〈운명〉
         비발디, 〈사계〉 중 '겨울'

12월   동요 〈크리스마스에는 축복을〉
         앤더슨, 〈크리스마스 페스티벌〉

1월   요한 슈트라우스 1세, 〈라테츠키 행진곡〉
         드보르자크, 교향곡 9번 〈신세계로부터〉

| 초등학교 음악 교과서 수록 클래식 |

구노, 〈작은 교향곡〉 4악장

드보르자크, 교향곡 9번 〈신세계로부터〉 4악장

드뷔시, 〈어린이 차지〉 중 '춤추는 눈송이'

라벨, 〈볼레로〉

로시니, 〈빌헬름 텔 서곡〉

리하르트 슈트라우스, 〈차라투스트라는 이렇게 말했다 작품번호 30〉 중 '서주'

마스네, 〈타이스 명상곡〉

멘델스존, 〈한여름 밤의 꿈〉 중 '결혼 행진곡'

모차르트, 〈마술피리〉 서곡

무소륵스키, 〈전람회의 그림〉 중 '프롬나드', '사무엘 골덴베르크와 슈뮈일레', '햇병아리의 발레', '키에프의 대문'

바흐, 〈무반주 첼로 모음곡〉 1번 전주곡

베르디, 〈아이다〉 중 '개선 행진곡'

베토벤, 교향곡 5번 〈운명〉 1악장, 교향곡 9번 〈합창〉 4악장 중 '환희의 송가', 피아노 소나타 8번 〈비창〉 3악장, 피아노 소나타 14번 〈월광〉 1악장

브리튼, 〈청소년을 위한 관현악 입문〉

비제, 〈아를의 여인〉 중 '미뉴에트', 〈카르멘〉 중 '서곡', '투우사의 노래', '하바네라'

쇼스타코비치, 〈왈츠〉 2번

쇼팽, 〈겨울바람〉, 〈빗방울 전주곡〉, 〈야상곡 9-2〉, 〈즉흥 환상곡〉

슈베르트, 피아노 5중주 〈송어〉 4악장

스메타나, 〈나의 조국〉 중 '몰다우'

시벨리우스, 〈핀란디아〉

앤더슨, 〈고장난 시계〉

엘가, 〈위풍당당 행진곡〉 1번, 〈사랑의 인사〉

요한 슈트라우스 2세, 〈아름답고 푸른 도나우 왈츠〉, 〈천둥과 번개 폴카〉

타레가, 〈알함브라 궁전의 추억〉

파가니니, 〈카프리스(카프리치오)〉 24번

파헬벨, 〈카논〉

피아졸라, 〈리베르 탱고〉

하니스, 〈금관 5중주를 위한 세 개의 에피소드〉 1악장

하이든, 〈놀람 교향곡〉 2악장, 〈트럼펫 협주곡〉 3악장

하차투란, 〈가면무도회〉 중 '왈츠'

헨델, 〈하프 협주곡 내림 나장조〉 1악장

홀스트, 〈행성〉 중 '목성'

작가의 말

이 책을 쓸 무렵, 저는 반 클라이번 국제 피아노 콩쿠르에서 1위를 한 최연소 피아니스트 '임윤찬'의 연주에 푹 빠져 있었어요. 날마다 그가 연주한 피아노곡을 찾아 들으며 하루를 마무리할 정도였지요. 그동안 어렵다고 느끼며 멀리했던 클래식 음악이 난생처음 제 일상 가까이 다가온 거예요. 그때 운명처럼 이 책의 도하를 만나게 되었어요. 아마도 제가 임윤찬에 빠져 있지 않았더라면 임도하도 만나지 못했을 거예요. 이쯤이면 왜 도하의 성이 '임씨'인지 눈치채셨겠죠?

저는 어릴 때 아주 잠깐 피아노를 배우고, 학창 시절엔 수행 평가를 위해 리코더와 단소를 배웠어요. 어른이 되고서는 악기 연주와는 거리가 먼 삶을 살았고요. 바쁘게 하루하루를 보내던 어느 날, 뭔가 익숙한 것에서 벗어나 새로운 것을 해 보고 싶다는 생각이 들었어요. 평소 자주 접하지만 해 보지 않은 게 뭘까 생각해 보니 불현듯이 악기 연주가 떠올랐어요. 늘 음악을 듣지만 한 번도 제대로 연주해 본 적은 없었거든요. 그러자 잘 다루는 악기가 하나쯤 있으면 좋겠다는 생각이 들었어요. 그때부터 저는 악기를 배우고 연주하는 것에 취미를 가지게 되었어요. 우리 전통 악기인 가야금도 배우고, 서툴지만 칼림바도 배워서 틈틈이 연주하지요. 다음에는 기타와 우쿨렐레도 배우고, 기회가 된다면 다시 피아노도 꼭 배워 볼 생각이에요. 도하가 바이올린을 만난 것과도 달리 아직 저는 운명이라고 느끼는 악기를 만나지는 못했어요. 그래도 이렇게 악기를 하나씩 배우며 음악을 즐기다 보면 언젠가는 운명 같은 악기를 만날 수 있지 않을까 기대하고 있어요.

이 책을 읽는 여러분은 음악을 좋아하나요? 좋아한다면 어떤 음악을 즐겨 듣는지, 잘 다루는 악기가 있는지도 궁금해요. 저는 악기를 배우고 연주하면서 좀 더 능동적으로 음악을 즐길 수 있게 되었고, 삶을 긍정적으로 바라볼 수 있게 되었어요. 그런 의미에서 여러분도 무슨 악기든 하나 정도는 배우고 익히면 좋겠어요. 그러면 말과 글이 아닌 음악으로도 자신의 감정을 표현할 수 있고, 삶이 더욱 풍요로워질 거예요.

2024년 어느 가을날, 김다해

1판1쇄 인쇄 2024년 11월 10일
1판1쇄 발행 2024년 11월 25일

글 | 김다해
그림 | 강혜영
발행인 | 전연휘
기획 · 책임편집 | 전연휘
디자인 | 퍼플페이퍼
교정교열 | 아보카도 홍보 · 마케팅 | 양경희, 노혜이

발행처 | 안녕로빈
출판등록 | 2018년 3월 20일(제 2018-000022호)
주소 | 서울특별시 광진구 아차산로69길 29
전화 | 02 458 7307
팩스 | 02 6442 7347
@hellorobin_books
hellorobin.co.kr
blog.naver.com/robinbooks
robinbooks@naver.com

글, 그림, 기획 ⓒ 김다해, 강혜영, 안녕로빈 2024
ISBN 979-11-91942-42-2 (74810) / 979-11-91942-34-7(세트)